Deutschland, Mitte des 21. Jahrhunderts. Gerade hat das Parlament ein neues Gesetz verabschiedet. Es legt rigorose Quotenregelungen für Unternehmen fest. Das Land ist in Aufruhr: Rechts und Links liefern sich brutale Straßenschlachten. In der Weite Mecklenburg-Vorpommerns bauen Rechtsradikale einen Staat im Staat auf und planen mörderische Anschläge. Aus Afrika und dem Nahen Osten strömen hunderte Flüchtlinge ins Land, und China und Russland streben nach der Weltherrschaft. In diesem Chaos kandidiert Sabah Hussein als erste muslimische Frau für das Amt der Bundeskanzlerin. Sie liegt in den Umfragen vorne, die Wahl ist ihr jedoch nicht sicher: Es kommen kompromittierende Bilder zutage. Ein erbittertes Ringen um die Zukunft eines zerrissenen Landes beginnt.

CONSTANTIN SCHREIBER

DIE
KANDIDATIN

ROMAN

HOFFMANN UND CAMPE

Die Handlung und alle handelnden Personen in
diesem Buch sind frei erfunden. Jegliche Ähnlichkeit mit
lebenden oder realen Personen wäre rein zufällig.

5. Auflage 2026
Taschenbuchausgabe
Copyright © 2021 Hoffmann und Campe Verlag
Harvestehuder Weg 42, 20149 Hamburg, produktsicherheit@hoca.de
www.hoffmann-und-campe.de
Umschlaggestaltung: zero media, München
Umschlagabbildung: FinePic®, München
Satz: fuxbux, Berlin
Gesetzt aus der Dante
Druck und Bindung: GGP Media GmbH, Pößneck
Printed in Germany
ISBN 978-3-455-01312-2

Ein Unternehmen der
GANSKE VERLAGSGRUPPE

1

W ollt ihr absolute Diversität?«, schreit ein junger Mann mit Vielfaltsmerkmal ins Megaphon.

»Ja!«, skandiert die Menge, klatscht und jubelt. »Ja!« Die Demonstrierenden lassen Ballons in Regenbogenfarben in Form eines D steigen. D wie »Diversity«. Alle großen linken Gruppierungen sind vertreten, Antirassismusaktivisten, Kapitalismusgegner, Migrantenorganisationen, Klimaschützer. In ihren Gesichtern stehen Zeichen von Wut und Anspannung, von jahrelangem Kampf. Auf der anderen Seite der Absperrung wettern die Gegner.

»Stoppt die feindliche Übernahme unseres Landes!«, ruft dort ein alter weißer Mann ins Mikrophon. Hinter ihm recken weiße Männer und Frauen Fäuste in die Luft oder halten Plakate hoch. Auf manchen steht »Für meine Heimat«, andere zeigen Bilder von Frauen mit Hijab, mit dicker roter Farbe durchgestrichen. Die Rechten schreien zornerfüllt. Alles, was sie hassen, ist direkt vor ihnen.

Wie zwei Kampfhunde an der Leine, bellend und fletschend und gerade so zurückgehalten, dass sie sich nicht zerfleischen, stehen sich links und rechts vor der Zentrale der Ökologischen Partei gegenüber. Es ist der Tag der Entscheidung. Nur noch wenige Minuten bis 18 Uhr, bis ihr Deutschland vielleicht ein anderes sein wird. Bis Sabah Hussein als erste Muslima zur neuen Bundeskanzlerin gewählt sein wird – oder auch nicht.

An vielen Orten in Deutschland ist die Gewalt bereits eskaliert. »Wo ist die Polizei?«, klagt eine verängstigte ältere Frau in einem Video, das in den sozialen Kanälen tausendfach geteilt wird, während hinter ihr ein Mob zu sehen ist, der Feuer legt, Autos zerstört, weiße Passanten verprügelt. »Fuck white privilege!«, schreien die Protestierenden. Man muss annehmen, dass die Polizei die Chaoten und Schlägertrupps unbehelligt walten lässt. Weil sie offen rechts ist, wurde die Polizei vielerorts durch andere Strukturen ersetzt.

Die rechten Extremisten wüten. Sie nennen sich Heimatkämpfer, vermummte, bullige Gestalten, die es vor allem auf Journalisten und Redaktionsgebäude abgesehen haben. Am Mittag halten plötzlich drei schwarze Vans vor dem Redaktionshaus der *Pfote*, einem bekannten linken Presseorgan. Binnen Minuten stürmen voll vermummte Extremisten das Gebäude, legen Feuer, schlagen Journalisten zusammen. Kurz darauf posten die Heimatkämpfer Bilder von am Boden liegenden blutüberströmten Journalisten und zertrümmerten Redaktionsräumen. Einige *Pfote*-Mitarbeiter können sich im Konferenzraum verbarrikadieren, kauern unter Tischen und schicken über Twitter und Instagram Hilferufe nach draußen. Die Antifakämpfer und die muslimische Schariabrigade kündigen an, zur Unterstützung zu kommen und die Heimatkämpfer zu vertreiben.

Überall Gewalt, Eskalation und Hass.

Es ist 17:50 Uhr. Im Netz und auf den Bildschirmen sind Liveaufnahmen geschaltet, die Kameras auf den Balkon der Parteizentrale der ÖP in Berlin gerichtet, auf den sie gleich hinaustreten wird. Sabah Hussein wird eine Ansprache halten an dieses so gespaltene Deutschland.

Sie selbst ist Sinnbild dieser Spaltung, einer Polarisierung, die keine Kompromisse zulässt. Entweder ist man für Sabah

Hussein und für all das, wofür sie steht, Weltoffenheit, Diversität, Antikapitalismus, Feminismus, Antirassismus. Oder man ist dagegen. Welche Worte der Versöhnung kann sie finden, welche Taten ankündigen, um den Hass zu lindern? Wie nur kann sie es bewerkstelligen, sie, deren Aufstieg auch erst möglich geworden ist durch den Hass, die Spaltung, die Polarisierung?

Wie auch immer die Wahl ausgeht, wenn sie auf den Balkon tritt, werden die Massen toben und aufeinander losgehen. Und so steht für viele über all dem Lärm, den Parolen und der Gewalt an diesem Tag eine einzige Frage:

Wie konnte es so weit kommen?

2

Sabah Hussein sitzt in einem Dienstwagen der Staatskanzlei. Die Hände hat sie auf das schwarze Leder gelegt, die kühle Glätte des Leders beruhigt sie. Die Fingernägel sind grellrot lackiert. Lidstrich, Lippenstift, alles perfekt. Sabah ist vor kurzem vierundvierzig geworden, aber sie sieht jünger aus. Sie achtet genau auf ihr Gewicht und darauf, was sie isst. Wegen des Glaubens trinkt sie keinen Alkohol. Jeden zweiten Morgen geht sie joggen oder macht Yoga, bevor sie das Tagesprogramm beginnt. Disziplin ist ihr wichtig. Sie verkauft ihre Politik auch durch ihr Auftreten. Vielleicht sogar vor allem durch ihr Auftreten.

Als »Kleopatra der deutschen Politik« bezeichnete sie ein Journalist einmal – und spielte dabei wohl auf ihre orientalische Erscheinung an, auf ihre Nase und auf die modischen Röcke, Schuhe und Kleider, die stets sitzen. Und die sie noch auffälliger machen, als sie ohnehin ist.

Überhaupt geht es immer vor allem darum, dass sie da ist. Die Frau, die Migrantin, die Muslima. Ihre Präsenz ist Programm. Verheißung für die einen, Provokation für die anderen. Symbol für eine weltoffene Gesellschaft, weil sie von ganz unten kometenhaft nach ganz oben kam. Und Symbol für Deutschlands kulturelle Übernahme, weil sie als Muslima allen anderen vorgezogen wurde. Um Inhalte musste sie sich lange nicht kümmern. Sie selbst war Inhalt genug. Selbst jetzt, als Kanzlerkandidatin, beschäftigt sich die Öffentlichkeit weniger mit dem, was sie sagt, als vielmehr damit, dass sie im Rampenlicht steht. Und mit der Frage: Darf sie, die Muslima, da sein, wo sie ist, und sich dahin bewegen, wo sie noch hinwill? Oder darf sie das nicht?

Im Rückspiegel treffen sich ihr Blick und der des Fahrers. Es ist nur flüchtig, und sie sprechen kein Wort, sie fühlt seine ablehnende Haltung. Sie wendet sich ab und schaut aus dem Fenster, sieht die Stadt an sich vorbeiziehen.

Dresden. Nirgendwo fühlt sich die Kanzlerkandidatin der Ökologischen Partei fremder als in Sachsen. Hier gehört sie nicht hin. Der spießige, rückwärtsgewandte Landstrich mit seinen kleinbürgerlichen Wohnzeilen. Die Enge der Platten passt zur Enge im Denken. Sie fahren durch Dresden-Friedrichstadt, vorbei an der Yenidze. Das ehemalige Fabrikgebäude ist einer Moschee nachempfunden und fällt auf in dieser so deutschen Umgebung. Heute ist es ein Bürokomplex.

»Gleich sind wir da«, sagt Jette.

Jette ist Sabahs wichtigste Mitarbeiterin, ihre Büroleiterin. Die Frauen schauen sich einen Moment an, bevor die Kanzlerkandidatin mit dem Kopf nickt und Jette wieder auf ihr Handy blickt. Seit fünf Jahren sind sie das Powerduo der deutschen Politik. Sabah ist der Star und Jette die Managerin. Ein Erfolgsteam, zuerst belächelt und inzwischen gefürchtet. Vor allem jetzt, da sie so kurz davorstehen, ins Kanzleramt einzuziehen.

Sabah weiß, dass sie ohne Jette nie so weit gekommen wäre. Sie suchte von Anfang an jemanden, dem sie voll und ganz vertrauen konnte. Es musste eine Frau sein, so viel stand fest. Jettes Direktheit gefiel ihr. Manch einer würde sie für unhöflich halten, weil sie sich nichts macht aus Small Talk und übertriebener Freundlichkeit. Schnell zum Punkt kommen. Zielstrebig und effizient. Das ist Jette.

Wie zwei Freundinnen reden Sabah und Jette miteinander, und doch sind sie distanziert. Sabah soll es recht sein, sie mag es nicht, wenn jemand sie zu gut kennt. Genau wie Jette. Obwohl sie sich fast jeden Tag sehen und ständig telefonieren oder Nachrichten austauschen, weiß Sabah wenig über Jettes Leben vor ihrer gemeinsamen Zeit. Auch hat sie keine Vorstellung davon, was Jette macht, wenn sie nicht arbeitet. Sport wahrscheinlich, zumindest wirkt sie so. Sie hat eine durchtrainierte, schlanke Figur. Und offenbar interessiert sie sich auch für Mode, wie Sabah.

Konkurrenzgefühle kommen – was Äußerlichkeiten angeht – bei Sabah nicht auf. Sie hält sich für die attraktivere Frau. Jettes Nase ist etwas zu groß, und ihre glatten, schulterlangen blonden Haare sind zu durchschnittlich, zu normal, während Sabahs Frisuren immer bestechend auffällig sind. Sie trägt die Haare mal hochgesteckt, mal in Wellen gelegt, mal zur Mähne geföhnt.

Die Limousine fährt am Neumarkt vor. Sabah steigt aus, die Absätze ihrer High Heels klackern auf dem Kopfsteinpflaster. Sie zieht den knöchellangen Rock zurecht und blickt gespannt in die Menge.

»Wir sind das Volk!«, rufen die Menschen auf dem Platz vor der Frauenkirche. Fünftausend Demonstranten seien gekommen, sagt die Polizei, zehntausend, sagen die Veranstalter. Der Platz ist umringt von Polizisten. Die Bewegung der regelmäßig stattfindenden »Islam? Nein danke«-Demo gibt es schon seit über einem Jahr, aber seitdem bekannt geworden ist, dass Sabah Hussein aussichtsreiche Kandidatin für das Amt der Bundeskanzlerin ist, findet sie immer mehr Anhänger und wächst rasant. Angeführt wird der Aufmarsch von einer Truppe aus Nationalisten, Europagegnern und Islamhassern. Dresden ist als Deutschlands braunes Biotop verschrien, wo sich die rechten Ränder des Landes öffentlichkeitswirksam versammeln und grölen.

Sabah geht auf die Demonstranten zu. Die Menschen machen ihr Platz, vielleicht weil sie nicht mit ihr reden wollen, vielleicht weil sie die Kamerateams sehen. Neben dem Haupteingang zur Frauenkirche skandiert die Menge: »Deutschland, Deutschland!«

Sabah ruft: »Ich bin auch Deutschland!«

Das Gegröle verstummt. Die Demonstranten schauen sie wutentbrannt an. Sabah fragt ruhig: »Was haben Sie denn gegen Menschen wie mich?« Aufruhr, Tumult. »Verpiss dich, du Islamnutte«, schreit einer ihr ins Gesicht. »Scheiß Lügenpresse!«, grölt einer dem Kamerateam hinter ihr zu. Mehrere Männer recken Fäuste in die Luft, die Gesichter dunkelrot vor Zorn.

Sabah schreckt zurück. Ein Personenschützer schiebt sich vor sie. Die Stimmung droht gefährlich zu werden. »Abbruch, sofort!«, ruft der Mann. Die Kanzlerkandidatin wird umringt von Sicherheitskräften. Sie eskortieren Sabah zurück zum Auto. Flink schlüpft sie in den Wagen, und einer der Männer schlägt die Tür hinter ihr zu.

»Die Szene ist toll! Wie der dich beleidigt!«

Jette hat alles mit dem Handy aufgezeichnet. Sie schaut sich das Video noch einmal an, schneidet es rasch zurecht. Sie lädt es auf Sabahs offizielle Accounts hoch und kommentiert: »Ich bin traumatisiert. Man hat mich angeschrien, attackiert, angegriffen. Aber: Ich gebe nicht auf, für eine offene und gerechte Gesellschaft zu kämpfen!« Dazu notiert sie die Hashtags #Deutschland #Dresden #Frauenkirche #Islam #Rassismus #Solidarität #ToxischeMännlichkeit und #migrantsunderattack.

Dann geht alles sehr schnell. Wie erwartet, berichten alle

großen Online-Nachrichtenseiten – *Globus*, *Echo*, *Bote* – innerhalb einer Stunde über Sabahs Auftritt in Dresden. »Nazis greifen künftige Kanzlerin an.« Und »Brauner Mob attackiert Deutschlands muslimische Kanzlerkandidatin!« #Dresden und #Frauenkirche trenden in den sozialen Netzwerken, außerdem #Rassismus und #IchbinmitSabah.

Jettes Telefon klingelt. »Es ist Rania«, sagt sie. Nach zwei Minuten legt sie auf. »Sie macht nächsten Donnerstag eine Sendung zu Rechtsextremismus. Sie will dich dabeihaben. Der Arbeitstitel ist ›Wutbürger:innen gegen die Friedensreligion des Islam‹. Sabah, es könnte nicht besser laufen!«

Auch Sabah ist klar: Das ist gut. In der Politik zählt Aufmerksamkeit. Sie halten vor dem Hotel Taschenbergpalais, ein Fünfsternehaus in renovierter barocker Pracht. Früher nannte man den Bau wegen seiner orientalischen Einrichtung »Türkisches Palais«. Zu sehen ist davon nichts mehr. Im Innenhof lassen sie den Abend ausklingen. Jette trinkt Weißwein, Sabah Bionade. In der Ferne hören sie die Menge grölen.

»Necdum positus metus aut redierat plebi spes«, sagt Jette.

»Du weißt, ich hasse es, wenn du mit deinem Latein angibst.«

»Und noch nicht legte sich die Furcht, oder schöpfte das Volk wieder Hoffnung. Es ist ein Zitat aus Tacitus' Beschreibung des Brandes von Rom. Unbehelligt saß Kaiser Nero in seinem Palast, von fern hörte er die Menschen schreien.«

»Aber das ist doch etwas ganz anderes.«

»Das Schreien in der Ferne? Zornige, verzweifelte Menschen ohne Hoffnung? Das ist immer gefährlich.«

»Jette, wir leben im einundzwanzigsten Jahrhundert. In Deutschland. Wer kann uns schon wirklich etwas wollen?«

Jette machen der Hass und die Ablehnung mehr zu schaffen als Sabah. »Nero kam am Ende um. Wegen der Flammen, die er entfacht hatte.«

»Aber Nero war der Böse, und wir sind die Guten«, sagt Sabah und nimmt einen Schluck Bionade.

3

Zwei Tage nach Dresden sitzt Sabah Hussein am Schreibtisch ihres Büros im Innenministerium in Berlin-Mitte. Der schlichte funktionale Bau wurde 2014 fertiggestellt. Das Brandenburger Tor, die Spree, das Kanzleramt, alles ist nur wenige hundert Meter entfernt, und wenn Sabah aus dem Fenster schaut, breitet sich vor ihr das grüne Meer des Tiergartens aus. Selbst wenn sie am Schreibtisch sitzt, kann sie über die mächtigen Baumwipfel der grünen Lunge der Hauptstadt blicken.

Ihre Partei hat vor zwei Jahren durchgesetzt, dass viele Freiflächen in der Innenstadt zu Parks und Grünflächen umfunktioniert wurden. Sabah gefiel das, weil sie diese Weite von früher nicht kannte. In einem Flüchtlingslager aufgewachsen, hat sie später immer in dicht besiedelten Stadtteilen gelebt, in kleinen engen Wohnungen. Der Tiergarten ist für sie ein Symbol für das andere Leben, das sie jetzt führt. Oft läuft sie vor der Arbeit auf den Schotterwegen durch den weitläufigen Park, hält ab und an inne und schaut nach oben in die dichten Blätter, während die aufgehende Sonne Lichtblitze auf ihr Gesicht wirft. Die Weite, die Stille, das Grün. Sie weiß, warum Grün die Farbe des Islam ist. Der Prophet soll sich am liebsten in grünen Gewändern gezeigt haben. Grün ist Leben, ist Frieden, ist Hoffnung. Sie kann es jedes Mal spüren, wenn sie laufen geht.

Ihr Büro ist groß und hell. Der schlichte Schreibtisch sieht so aufgeräumt aus, dass man meinen könnte, er sei bloße Dekoration. Vor der Fensterfront steht eine u-förmige hellbraune Couch, davor ein etwas aus der Zeit gefallener Glastisch. Ordnung ist für Sabah wichtig. »Da bin ich deutscher als deutsch«, sagte sie einmal in einem Interview.

Sabah lehnt sich in dem dunklen Ledersessel zurück und öffnet das Paket, das die Mutter ihr am Vortag mitgab. Sie hat ein altes Foto rahmen lassen, das die Tochter gemeinsam mit dem Vater zeigt. Als kleines Kind im Flüchtlingslager. Beide strahlen. Sie waren fröhlich, trotz der Armut und der Unsicherheit, in der sie lebten. Heute wäre Sabahs Vater achtundsiebzig Jahre alt geworden. Was wäre der Vater stolz auf seine Tochter. Was sie alles erreicht hat, wer sie geworden ist! Ach, wenn er sie nur sehen könnte!

Sabah spürt Wehmut in sich aufsteigen. Sie packt das Bild aus dem Seidenpapier und stellt es zu den anderen Fotos von den Menschen, die ihr wichtig sind und die sie zu der Person machten, die sie heute ist. Ein golden gerahmtes Bild der Eltern steht da. Wie jung ihr Vater darauf aussieht! Vor der Flucht hatte er in der nordsyrischen Hafenstadt Latakia einen kleinen Laden besessen, von dem er später immer erzählte. Latakia mit seinen Stränden und den grünen Hügeln im östlichen Hinterland. Sabah kennt Latakia nur aus den Erzählungen ihrer Eltern und von den wenigen Bildern, die sie retten und mitnehmen konnten. Und die sie ihr zeigten, die vielen Jahre, die sie zusammen im Flüchtlingslager verbrachten. Im Sommer, wenn es an der syrischen Küste heiß und schwül war, fuhr die Familie mit Freunden in die nahen Berge, nach Slinfah. Dort war es angenehm mild, und klares, kühles Wasser rauschte in kleinen Bächen ins Tal hinab, so erzählte es ihr Vater. Oder sie machten einen Ausflug auf die kleine Insel Aruad vor der Küste, wo man die Fischer beobachten konnte, wie sie früh am Morgen mit ihrem Fang vom weiten Meer zurückkehrten. Ihre Mutter erzählte einmal, am meisten vermisse sie die frischen Pistazien. Man holte sie in riesigen Säcken, rot-grüne Früchte, die man Schicht für Schicht schälen musste, um zum herrlichen Kern zu gelangen.

Ihre Eltern wären gerne in der Heimat geblieben. Aber hatten sie denn eine andere Wahl, als sie zu verlassen? Zuerst war der Krieg weit weg, im Osten des Landes und im Süden. Während woanders Menschen im Bombenhagel starben, lag die Jugend in Latakia am Strand oder traf sich abends an der Corniche, wo es an kleinen Verkaufsständen gegarte Maiskolben gab und man sich auf die Motorhauben der parkenden Autos setzte und Späße machte. Dann kam der Krieg näher. Zuerst bemerkten sie es an den Militärfahrzeugen mit schwerem Geschütz, die durch die Straßen fuhren. Später überflogen die ersten Kampfflieger die Stadt. Dann fielen die Bomben.

Sabah stellt das Bild ihrer Eltern zurück an seinen Platz und lässt die Gedanken schweifen. Vielleicht ist es der Geburtstag des Vaters, jedenfalls denkt sie sonst nur ungern an die Vergangenheit.

Ein kleineres Foto auf ihrem Schreibtisch zeigt einen freundlich lächelnden Mann mit Vollbart. Es ist Muhammad Abd al-Malik, der Imam der al-Dunja-Moschee in Berlin-Neukölln. Als junger Mann kandidierte er in Tunesien für die islamische al-Nahda und kam später als Imam nach Deutschland. Als Sabah ein junges Mädchen war, hat er ihr Halt gegeben. Halt, den ihr die Familie nicht geben konnte, nicht weil die Eltern es nicht gewollt hätten und nicht liebevoll oder besorgt genug um ihre Tochter waren, sondern weil sie kaum Zeit hatten und sich darum kümmern mussten, mit einfachsten Jobs genug Geld für ihre Familie nach Hause zu bringen. Auch verstanden sie die Welt um sich herum kaum, wie hätten sie diese denn ihren Kindern erklären und die Zerrissenheit, die Sabah in Deutschland spürte, lindern können? Zum Beispiel, wenn sie ihren Eltern erzählte, wie sie zum Schwimmunterricht musste und die Lehrer erwarteten, dass sie sich fast nackt zeigte? Die Eltern erzogen sie im Sinne ihrer Religion, sagten ihr, dass sich Mädchen bedecken sollten, und waren froh, als sie sich entschied, den Hijab zu tragen. Erst später begriff sie, dass die Eltern genauso zerrissen waren wie sie. Sie wollten ankommen, dazugehören, alles richtig machen, aber sie wollten doch auch ein gottgefälliges Leben führen!

Muhammad Abd al-Malik hatte Antworten, die sie sonst nirgendwo bekam. Er war nur fünfzehn Jahre älter als sie und darum näher dran an ihrem Leben und den Sorgen und Fragen, die sie hatte. Als sie vom Schwimmunterricht erzählte und ihn fragte, was sie tun solle, machte er ihr klar, dass sie im Recht sei. Eine Muslima dürfe sich nicht den entehrenden Blicken von Jungen und Männern ausliefern.

»Vertrau mir«, sagte er. »Ich regle das.«

Er schrieb einen Brief an die Schule, er forderte, dass Sabah aus Rücksicht auf ihre religiösen Gefühle im Burkini schwimmen dürfe. Die Schule war skeptisch. Abd al-Malik schickte den Brief an die Medien und setzte die Schule unter Druck. Muslimische Verbände, Antidiskriminierungsstellen und die ÖP liefen Sturm, weil ein Mädchen in seiner Religionsfreiheit eingeschränkt wurde, und bald durfte Sabah im Burkini am Schwimmunterricht teilnehmen.

Jeden Freitag ging Sabah mit ihrem Vater und ihren Brüdern in die al-Dunja-Moschee. Er setzte sich mit den Söhnen in den großen Hauptraum, während sie die Predigt auf dem

Bildschirm im Frauenbereich mitverfolgte. Später ging sie mit den Schulfreundinnen in die Moschee. Abd al-Maliks Predigten waren konservativ, aber nicht radikal. Er sprach von Keuschheit, Gottesfurcht und Glaubensstärke, er betonte, dass Muslime ein starkes Band bilden müssten, um sich gegen Andersgläubige zu behaupten. Er wies auch darauf hin, dass sich Muslime von den christlichen Feiertagen möglichst fernhalten sollten. Aber nie rief er zu Gewalt auf, und er erklärte regelmäßig, was Dschihad wirklich bedeute. Nämlich nicht, die Ungläubigen zu töten, sondern sie mit Argumenten auf den richtigen Weg zu bringen.

Er wurde zu einem ihrer wichtigsten Berater. Als sie in der Politik anfing, als sie immer stärker getragen und gefördert wurde von Frauennetzwerken und Feministinnen, da ging ihr ein Hadith immer wieder durch den Kopf: »Ein Volk, das seine Angelegenheiten einer Frau anvertraut, wird nie Erfolg haben.« So soll es der Prophet gesagt haben! Sabah fragte sich, was das für sie und ihre Vorhaben bedeutete, für sie, eine gottesfürchtige Frau, die ehrgeizig war und eine Welt voller Möglichkeiten vor sich sah.

An einem Freitag, nachdem die Männer den Gebetsraum verlassen hatten, suchte sie das Gespräch mit Muhammad Abd al-Malik. »Imam«, sagte sie, »ich bin unsicher. Handle ich gegen Gottes Ordnung?«

Sie setzten sich auf zwei Stühle an der einen Seite des großen Gebetsraums nahe dem Eingang. Abd al-Malik sah sie an. Sie war nicht mehr das kleine Mädchen, das mit der Familie zum Gebet herkam, sondern eine attraktive Frau, in westlicher Kleidung. Abd al-Malik schlug den Koran auf und las ihr eine Sure vor: »Siehe, dort fand ich eine Frau, die Königin über sie ist. Von allen Dingen wurde ihr gegeben, und sie besitzt einen großartigen Thron.«

»Du kennst die Geschichte, Schwester«, sagte er. »Es ist die Geschichte von Bilkis, der Königin von Saba. Ich erzähle sie dir. Als König Suleiman von Bilkis und ihrem unvergleichlichen Thron hörte, schrieb er ihr einen Brief und forderte sie auf, den Islam anzunehmen und zu ihm zu kommen. Das stürzte Bilkis in ein Dilemma. Der Brief stammte von einem mächtigen Mann, der ihr Land versklaven könnte, wenn sie sich nicht fügte. Aber sie wollte sich auch keinem falschen Propheten unterwerfen. Sie machte sich auf den Weg. Suleiman befahl währenddessen einem Dschinn, Bilkis' Thron zu holen und ihn so zu verändern, dass Bilkis ihn nicht wiedererkennen konnte. Die Gelehrten sind sich bis heute nicht einig, warum Suleiman das wollte. Als Bilkis bei ihrer Ankunft gefragt wurde, ob der Thron der ihre sei, sagte sie: ›Es sieht so aus, als könnte er es sein.‹ Dann fügt sie hinzu, sie sei als jemand gekommen, der sich Gott bereits unterworfen habe. Bis heute sehen die Gelehrten in Bilkis eine Frau von höchster Intelligenz.«

»Was heißt das für mich?«, fragte Sabah.

»Dass du alles werden kannst, solange du dich Gott unterwirfst.«

Die Worte hallten lange in ihr nach. Sich Gott zu unterwerfen, ist für jeden Muslim und für jede Muslima selbstverständlich. Aber das Gleichnis von Bilkis bedeutete auch noch etwas anderes. Dass Allah alles Handeln bestimmte, auch das politische. Dass sie sich nicht nur als Privatperson Gott unterwarf, sondern immer und überall. Dass Gottes Gesetze über allem standen. Seine Ordnung, seine Regeln. Und das war in Deutschland noch nicht der Fall. Welcher Muslim konnte das Freitagsgebet schon so verrichten, wie er es tun sollte? Das passte immer noch nicht zusammen mit den Arbeitszeiten. Unternehmen ignorierten Gottes Gebote! Wie schwer war es doch, halal zu essen, wenn man unterwegs war! Und dann die sexuelle Freizügigkeit, ein Werk des Schaitan, des Teufels.

Nach Tagen des Nachdenkens war klar: Sie würde sich dafür einsetzen, dass Deutschland auch das Land der Muslime würde, die hier lebten. Damit sie nach ihren Regeln leben konnten. Und sie dachte an die Ökologische Partei, die ihr Anliegen, im Burkini am Schwimmunterricht teilzunehmen, verstand und sie dabei unterstützte. Diese Partei konnte etwas bewirken! Sie setzte sich mit ihren Zielen und ihrem Programm auseinander. Ja, die ÖP müsste die Partei sein, mit der sie das verwirklichen könnte. Sabah hatte ihre Richtschnur gefunden, dank Imam Muhammad Abd al-Malik.

Und dann ist da noch ein Foto von Gerhard Reuter. Es zeigt Sabah und den Bundesinnenminister gemeinsam an Sabahs erstem Arbeitstag im Ministerium, an dem Tag, der ihr Leben verändert hat. Sie sieht Reuter fast täglich, aber seine Bedeutung für sie ist riesig. Er hat ihr geholfen, in kurzer Zeit so weit zu kommen. Sabah kann sich noch genau an den Abend erinnern. Sie saß auf einem Podium zum Thema »Vielfalt konkret«. Sie war eine junge Beamtin, gerade fertig mit der Uni und erst wenige Monate im Job. Eigentlich sollte verhandelt werden, wie gut die deutsche Verwaltung Vielfalt förderte, aber der Moderator interessierte sich vor allem für ihre Kindheit im Flüchtlingslager, für ihre Erfahrung mit Rassismus, für ihre strukturelle Benachteiligung als Frau. Nie zuvor hatte man sie so eingehend dazu befragt, schon gar nicht vor Publikum. Es dauerte etwas, bis sie sich freigesprochen hatte. Bis sie selbstbewusster wurde.

Sabah muss Eindruck gemacht haben auf Gerhard Reuter. Drei Tage später rief er sie an und bot ihr einen Job an. Als stellvertretender Vorsitzender der ÖP und als Bundes-

innenminister schuf er für sie den Posten der Sonderbeauf-
tragten für öffentliche Dialoge. Sabah wusste, dass das ihre
große Chance war, und nach zwei Wochen bezog sie das
Büro mit dem Blick über das grüne Meer des Berliner Tiergartens.

Sonderbeauftragte für öffentliche Dialoge. So wunderbar
wolkig der Titel, so wenig definiert war das, was sie tun sollte. Aber das ließ ihr große Freiheiten und die Möglichkeit,
sich in fast jede Debatte einzumischen. Reuter ist wie ein Vater für Sabah, er behandelt sie, als wäre sie seine Tochter.
Nicht nur ist er einer der einflussreichsten Politiker Deutschlands, altgedient, bestens vernetzt, hoch anerkannt, er steht
auch unter Druck. Denn es drängen immer mehr Frauen
und Migranten an die Macht. Weiße Männer, zumal in der
ÖP, haben einen schweren Stand. Die älteren werden ersetzt,
die jüngeren haben kaum Aussicht auf eine Karriere, weil sie
nicht vielfältig sind. Reuter konnte sich bisher halten, weil er
schon früh massiv auf Vielfalt setzte und die anderen alten
weißen Männer längst weggelobt oder einfach verabschiedet
hatte. Gerhard Reuter und Sabah telefonieren regelmäßig,
und er braucht ihren Rat, wenn es darum geht, wie er auf
Islamdebatten reagieren soll, was er nach islamistischen Vor-
fällen schreiben und sagen kann. Der Glanz des Integrations-
wunders färbt auch auf ihn ab.

Es klopft, Anna Soll steht in der Tür. Sabah schaut auf.

»Ich bin ein paar Minuten zu spät«, sagt Anna Soll, leitende Politikreporterin im Hauptstadtbüro des *Globus*, »ent-
schuldige.« Die Frauen kennen sich gut. Ganz selbstverständlich legt Anna die Handtasche auf der Couch ab.

»Natürlich«, sagt Sabah und geht auf Anna zu. »Ich freue
mich, dass du da bist.« Sie begrüßen sich mit Wangenküssen.
Anna ist auch manchmal privat zu Gast bei Sabah, wenn die-

se bei sich zu Hause einen Salon hält, wie sie es nennt. Sie kocht für befreundete Journalistinnen und bietet einen geschützten und entspannten Rahmen für angeregte politische und kulturelle Gesprächsrunden.

Nach dem erfolgreichen Video von Dresden hat die Reporterin vorgeschlagen, ein Interview für die *Globus*-Website aufzunehmen. Anna war in der Presseabteilung der Ökologischen Partei Volontärin und danach ein paar Jahre im Abgeordnetenbüro der ÖP in Brüssel tätig gewesen, bevor sie zum linksliberalen *Globus* wechselte, dem auflagenstärksten wöchentlichen Nachrichtenmagazin des Landes. Sie schreibt über Rechtsextremismus, Nachhaltigkeit und Feminismus und setzt sich auch in der Redaktion für diese Themen ein. Sie ist in der Leitungsgruppe Diversität aktiv und stolz auf ihr Engagement. Sie zeigt ihre Überzeugungen auch, indem sie sich an die zeitgemäßen nichtbinären, feministischen und antirassistischen Stilvorstellungen hält. Sie trägt den weiten einfarbigen Genderkaftan, der jegliche Körperformen neutral verhüllt und bereits von zahlreichen progressiven Frauen und Männern und Diversen ganz selbstverständlich getragen wird. Nur die Rechten hetzen, der Kaftan ähnele dem einteiligen Männergewand in muslimischen Ländern. Anna hat ihr Haar geschlechtsneutral stoppelkurz geschnitten, und ihre Füße stecken in den von gendersensiblen Experten empfohlenen Unisexboots »Birkendocs«. Die schlichten schwarzen Schuhe mit der orangen Plateausohle sind eine erfolgreiche Kooperation von Birkenstock und Dr. Martens.

»Im Interview sieze ich dich wie immer, einverstanden?«

»Klar«, sagt Sabah.

»Bereit?«

»Schieß los.«

»Frau Hussein, Sie sind Sonderbeauftragte für öffentliche

Dialoge und nun auch die aussichtsreiche Kanzlerkandidatin der ÖP. Frau, Muslima, Migrantin. Eine solche Kanzlerkandidatin hat es noch nie gegeben. Wie fühlt es sich an, die sprichwörtliche bunte Hündin zu sein?«

»Das ist nichts Neues. Das ist so, seit ich nach Deutschland gekommen bin.«

»Wann ist Ihnen zum ersten Mal bewusst geworden, dass Sie und Ihre Familie wegen Ihrer Herkunft diskriminiert werden?«

»Es gab nicht das eine Ereignis. Es war vielmehr so, dass ich mich als kleines Mädchen in Deutschland gewundert habe, warum weiße Menschen teure Autos fahren, schicke Klamotten tragen und in großen Häusern wohnen. Und wir nicht.«

Anna nickt vielsagend.

»Das habe ich nicht verstanden, bis mir klar wurde: Es liegt daran, dass wir nicht als diesem Land zugehörig akzeptiert wurden. Dass wir arm gehalten wurden und unter dem Rassismus und der Ausbeutung zu leiden hatten, die die Weißen vor Jahrhunderten reich gemacht haben. Und dass diese Ungleichheit sich bis heute fortsetzt.«

Jetzt kommt auch Jette dazu. Sie ist bei Interviews wenn möglich immer dabei. Mal gibt sie Sabah durch eine Geste zu verstehen, besser nichts zu sagen oder nur eine Floskel. Mal greift sie direkt ein und lenkt das Gespräch bei heiklen Fragen in eine unverfängliche Richtung. Bei Anna und dem *Globus* hat Sabah allerdings nichts zu befürchten.

»Sie engagieren sich gegen Antisemitismus. Woher kommt Ihre Überzeugung?«

»Ich weiß, was es bedeutet, ausgegrenzt zu sein und verfolgt. Im Netz findet eine Treibjagd auf mich statt. Morddrohungen stehen an der Tagesordnung. Die Angst, das Gefühl, nicht sicher zu sein, das ist wie damals, als hier nicht die muslimischen, sondern vor allem die jüdischen Bürger:innen verfolgt wurden.«

»Welcher Hass schlägt Ihnen entgegen seit Ihrer Kandidatur?«

»Der Hass ist extrem, aber das ist er schon so lange, wie ich auf der politischen Bühne stehe. Durch die Kandidatur hat sich die Anzahl an Hasszuschriften einfach deutlich erhöht.«

»Warum ist das so?«

»Wir sehen immer wieder, wie tief verwurzelt Rassismus und Islamophobie in unserer Gesellschaft sind. Wir arbeiten seit einigen Jahren gezielt dagegen an. Aber es verändert sich nur langsam etwas, und bei manchen hält sich der Hass hartnäckig.«

»Wie gehen Sie damit um?«

»Es spornt mich an weiterzumachen. Es zeigt mir, dass wir noch viel Arbeit vor uns haben, unsere Gesellschaft so zu verändern, dass Menschen, egal welcher Herkunft, Religion oder Hautfarbe, vorurteils- und diskriminierungsfrei hier leben können.«

»Wie wollen Sie etwas verändern?«

»Wir müssen den Menschen zeigen, welche Chancen für unser Land in der Vielfalt liegen und dass jede und jeder profitiert, wenn alle Lebensbereiche so divers wie möglich sind. Deswegen ist die neue Matrix, die morgen von der Regierung vorgestellt wird, auch so wichtig. Jeder Mensch in unserem Land wird in seinem Personalausweis Kategorien stehen haben, die eine klare Aussage machen über den Grad seiner Diskriminierung. Das zwingt uns alle dazu, uns mit unserer persönlichen Situation auseinanderzusetzen. Bin ich privilegiert? Diskriminiert? Ich bin dafür, dass die Idee der Matrix nicht nur wie vorgesehen in Unternehmen greift, sondern dass wir darauf hinarbeiten, alle Lebensbereiche entsprechend zu besetzen. Von der Kita über die Schule und die Ausbildungsstätten, die Universitäten, Krankenhäuser, Polizei, öffentliche Verwaltung, Musik, Kunst und Kultur. Für die Politik soll sie ohnehin gelten. Denn erst wenn überall Vielfalt im Sinne der Matrix herrscht, wenn also Schüler:innen, Lehrer:innen, Schauspieler:innen, Chirurg:innen, einfach alle gleichermaßen aus BIPoCs, Homosexuellen, Diversen, Muslim:innen, Menschen mit Behinderung und allen anderen irgendwie Diskriminierten bestehen, dann kommen wir einer gesellschaftlichen Gerechtigkeit näher.«

Anna drückt auf die Stopptaste des Aufnahmegerätes.

»Wow, Sabah. Das hast du schön gesagt. Das ist gut! Moment, ich schalte wieder ein. Jetzt: ein flammendes Plädoyer für eine offene und vielfältige Gesellschaft. Allerdings schließen sich noch längst nicht alle dieser Haltung an. Gerade eben gab es wieder einen Skandal in der Bundeswehr, der offenlegte, wie hartnäckig sich rechtes Gedankengut bei den Streitkräften hält. Soldaten hatten sich zum Buntfest, dem früheren Fasching, als indianische Ureinwohner verkleidet und für Fotos posiert. Wie wollen Sie dem begegnen?«

»Es ist klar, das kann nicht so stehen bleiben. Es ist an der Zeit, entschlossene Schritte zu gehen. Wir brauchen mehr wirksame Kontrollen. Für die Bundeswehr wollen wir, dass die gesamte private Kommunikation auf Handys, Tablets, Laptops, in den sozialen Netzwerken, auf Twitter, Instagram, TikTok, Clubhouse und so weiter von einer zentralen Stelle einsehbar ist.«

»Für manche könnte das etwas weit gehen.«

»Mag sein. Aber alle bisherigen Ansätze zeigen uns: Es bringt nichts, inkonsequent zu sein. Wir müssen wissen, was

Personen schreiben, wenn sie sich unbeobachtet fühlen. Nur so kommen wir rechtsextremen Netzwerken auf die Spur.«

»Welche Rolle spielt die Friedensreligion des Islam für Sie?«

Sabah ist froh, dass ihr die Frage gestellt wird. Sie ist eine Steilvorlage, und Sabah wird den neu eingeführten Begriff gleich noch einmal aufnehmen. Seit zwei Jahren ist die neue Bezeichnung der muslimischen Religion in den Behörden Pflicht, um alte Vorurteile abzubauen und negativem Framing entgegenzuwirken. Auch die meisten Medien verwenden den Begriff inzwischen.

»Ich bin gläubig und halte mich an religiöse Gebote. Die Friedensreligion des Islam gibt mir Kraft.«

»Wie wichtig ist Feminismus für Sie?«

»Ich bin Muslimin und Feministin. Und das ist gut so. Es ist kein Widerspruch, im Gegenteil. Der Islam stärkt die Frauen.«

»Vor zwei Jahren hat Ihre Partei die verpflichtende Diversitätsquote für alle Führungsebenen in deutschen Parteien eingeführt. Welches Fazit ziehen Sie?«

»Es ist ein toller Erfolg. Damit ist unser Land auf dem richtigen Weg.«

»Wie ist es denn um die Gleichstellung im Alltag bestellt?«

»Wir müssen leider feststellen: Die Ungleichheit ist geblieben. Nehmen wir als Beispiel Berlin. Die Mehrheit der Senatsabgeordneten und der Bezirksbürgermeister:innen hat ein Vielfaltsmerkmal. Ungefähr die Hälfte von ihnen sind Muslim:innen. Und trotzdem haben sich die Lebensumstände der Menschen mit Vielfaltsmerkmal in den sogenannten Problembezirken nicht verbessert. Die Ungleichheit im Vergleich zu den wohlhabenden Stadtteilen hat in den vergangenen Jahren sogar noch zugenommen. Was daran liegt, dass sich in weißen Bezirken die Menschen private Schulen und Kindergärten, Kliniken und Sicherheitsdienste leisten können. Die Bewohner:innen in anderen Stadtteilen haben nur die staatlichen Einrichtungen zur Verfügung, die immer schlechter ausgestattet sind, weil reiche weiße Menschen nicht ausreichend besteuert werden. Das hat gravierende Folgen für alle anderen: Die Lebenserwartung in den migrantisch geprägten Bezirken sinkt seit Jahren, weil die Gesundheitsversorgung schlechter ist als bei den weißen Deutschen. Das Bildungsniveau nimmt ab, die Kriminalität steigt, während in den weiß dominierten Stadtteilen die Menschen weiter ihre Privilegien genießen. Das geht so nicht weiter.«

»Was also tun?«

»Wir diskutieren ja bereits, ob allen nur eine bestimmte Pro-Kopf-Quadratmeterzahl zustehen soll. Familien aus ärmeren Bezirken sollen in die wohlhabenden Bezirke umgesiedelt werden. Von einer solchen besseren sozialen Mischung würden alle profitieren. Und dann müssen wir auf die Vermögen schauen und konsequent umverteilen! Wir brauchen eine Weißensteuer. Das Paradoxe ist ja: Trotz aller gesetzgeberischer Initiativen für mehr Gerechtigkeit schließt sich die Kluft nicht. Das reichste Prozent schafft immer mehr Vermögen ins Ausland. Unternehmen, die die Quotenregeln nicht einhalten wollen oder können, gehen nach Polen, Tschechien oder Rumänien, wo nicht nur die Regeln nicht gelten, sondern wo sie auch noch EU-Fördermittel erhalten. Das müssen wir stoppen.«

»Bei dieser Wahl dürfen zum ersten Mal alle Menschen in Deutschland ab sechzehn Jahren mit Aufenthaltsstatus wählen gehen, während Menschen ab siebzig nicht mehr wählen dürfen. Sie haben die Abkehr vom Staatsbürger:innenschafts-

27

prinzip begrüßt und profitieren mit der ÖP massiv in den Umfragen. Was sagen Sie den Skeptiker:innen?«

»Dass ich Politik für alle mache. Die Welt ist heute nun mal eine andere. Bei dieser Wahl werden die Stimmen der Jungen und Migrant:innen eine größere Rolle spielen als je zuvor. Sie sind ja auch das Rückgrat unseres Landes.«

»Kommen wir auch auf die Weltpolitik zu sprechen. Russland stößt immer neue Drohungen aus gegenüber der Ukraine und Kasachstan. Was sagen Sie dazu?«

»Wir dürfen nicht aufhören, darauf hinzuweisen, wie wichtig die Einhaltung von Recht und Gesetz, der Schutz von Minderheiten und die Wahrung von Freiheiten sind. Und zwar überall auf der Welt. Dafür stehen wir.«

»Wie hat die russische Regierung darauf reagiert?«

»Bisher haben wir noch keine Rückmeldung erhalten. Gleichzeitig müssen wir erkennen, dass auch bei uns all das noch nicht vollständig erreicht ist. Wir müssen uns also besonders darauf konzentrieren, hier besser zu werden, eine wirklich gerechte Gesellschaft für alle umzusetzen. Dann können wir ein Vorbild sein für den Rest der Welt.«

»China droht offen, bald in Taiwan einzumarschieren und die dortige Demokratie abzuschaffen. Was können wir zu einer Deeskalation beitragen?«

»Das ist schlimm, sehr schlimm. Wir sind in intensiven Gesprächen mit der chinesischen Seite und weisen dabei immer wieder auf die Bedeutung von Demokratie und Freiheit hin. Aber Peking hat sich eine Einmischung verbeten. Das ist höchst unerfreulich. Zudem hat man mit wirtschaftlichen Sanktionen gegen Europa gedroht. Wir müssen auf der Hut sein, leider sind wir auf Investitionen und Technologie aus China angewiesen. Außerdem, ich habe es bereits betont, müssen wir uns fragen: Wer sind wir, dass wir uns über andere erheben wollen? Wieso erlauben wir uns eigentlich, Menschen in Russland, in China oder im Nahen Osten zu sagen, wie sie leben sollen? Wenn doch auch bei uns so viele Missstände immer noch nicht beseitigt sind. Wir müssen erst einmal hier die Ungleichheiten beseitigen, bevor wir anderen Ratschläge erteilen.«

»Sabah Hussein, vielen Dank!«

Jette zwinkert Sabah zu. »Ist gut geworden.«

Auch Anna scheint zufrieden und packt das Equipment zusammen. »Lädst du bald wieder zu einem Salon, Sabah? Das wäre schön.«

»Ich weiß, aber der Wahlkampf. Ich komme zu kaum etwas. Ich melde mich! Und danke!«

»Auch so! Auf bald, und viel Glück!«, sagt Anna.

Jette schließt mit nachdenklichem Gesicht die Tür.

»Was ist?«, fragt Sabah.

Jette zögert. Wie untypisch für sie. Sabah sagt wie zu einer Freundin: »Komm schon, was ist es?«

»Ach, wegen des Interviews gerade, das mit der Bundeswehr und der Kommunikation. Dass zentrale Stellen alles mitlesen sollen, vielleicht ist das nicht richtig.«

Sabah schaut sie fragend an.

»Na ja, wie schnell kann man jemandem damit Unrecht antun? Es ist ja nicht immer alles eindeutig. Andererseits … Ich weiß nicht.«

So kennt Sabah ihre Büroleiterin gar nicht, so unsicher. Sie gibt viel auf Jettes Meinung. Wenn Jette Bedenken hat, dann wird es dafür Gründe geben. Und doch, Sabahs linke Klientel wird sie lieben für die harte Attacke gegen die Bundeswehr.

»Ich denk drüber nach, Jette«, sagt Sabah und greift zu ihrem Mantel. »Jetzt komm.«

Es ist Freitagmittag. Sabah will zum Gebet in die Moschee fahren, Jette begleitet sie. Der Dienstwagen steht vor dem Eingang. Jette streckt der Kanzlerkandidatin das Handy hin und zeigt ihr das eben gepostete Interview. »Mutige Kandidatin: Alle müssen endlich erkennen, wie gut Diversität ist.«

In den Kommentaren ergießt sich der übliche Hass der früheren deutschen Mehrheitsgesellschaft.

4

Die Sonne wirft gleißendes Licht in den Saal der Bundespressekonferenz. In dem großen Raum direkt an der Spree sitzen die letzten hauptberuflichen Politjournalisten.

Reporter vor Ort werden fast nicht mehr gebraucht. Die neuesten Nachrichten gibt es direkt über die offiziellen Accounts der Ministerien, und YouTuber, Twitter-Stars und Blogger arbeiten als Freie. Alle Aspekte des politischen Geschehens werden in den sozialen Medien von den Nutzern kommentiert, und ab und zu geraten Insiderberichte durch Whistleblower an die Öffentlichkeit.

Gedruckte Tageszeitungen gibt es nicht mehr. Nur noch ein paar wenige Wochenzeitschriften werden in niedriger Auflage weiterproduziert, in Zentralredaktionen werden Agenturmeldungen von studentischen Hilfskräften übernommen und zu Texten verarbeitet. Gleichzeitig stagnieren aber auch die Onlineabrufe. Jeder ist inzwischen online, die Möglichkeiten der Bezahlmodelle sind ausgeschöpft, und die Einnahmen daraus reichen nicht aus, um Verlagsgebäude zu unterhalten und aufwendige Recherchen zu ermöglichen. Abbau ist das Wort der Stunde, ganze Redaktionen verschwinden.

Eine neue Art der Berichterstattung bestimmt das Geschehen: Peer Journalism. Die Medien versorgen ihre Zielgruppe mit Meinungsbeiträgen, die dem weltanschaulichen Profil der Leser entsprechen. Die Texte werden meist von ehrenamtlichen Aktivisten verfasst, die Medien werden durch

Spenden unterhalten. Antirassismus- und Klimajournalismus haben sich zu eigenen Genres entwickelt, und viele Nachrichtenseiten greifen auf dieses Modell zurück.

Dass es außerhalb der allumfassenden Welt der Blogger, YouTuber und Social-Media-Influencer noch Arbeit für klassische Journalisten gibt, liegt an der freigiebigen Unterstützung durch Stiftungen, Ministerien und EU-Programme, und eine Einmischung durch die Geldgeber findet nicht statt. Sie fördern beispielsweise Multimediaprojekte gegen rechts oder Recherchen zu Diversität. So entstanden ein paar neue digitale Plattformen, und zwei, drei bestehende sahen sich in der Lage, ihre Arbeit weiterhin aufrechtzuerhalten.

Der *Globus* bringt Reportagen aus der Dritten Welt, weil die One-World-Stiftung einen großzügigen Betrag bereitstellt. Vor kurzem hat das Frauenministerium eine umfassende Darstellung von starken Frauen in der Wirtschaft unterstützt. *WTL* und *Globus* bekamen den Zuschlag und bringen jede Woche ein großes Porträt. Eine Ausschreibung des Ministeriums für Gerechtigkeit lobte Projektförderungen in Höhe von dreihundert Millionen Euro jährlich aus für Arbeiten, die Gefahren von rechts aufdecken. Den Zuschlag für die größte Fördersumme hat ein Privatsender erhalten, er produzierte in der Folge *Deutschland gegen rechts*, eine der erfolgreichsten deutschen Dokuserien. Die junge Zielgruppe streamt begeistert.

Manch klassischer Journalist ist direkt zu einem der Ministerien gewechselt, wo Livestreams, Talkshows, Videos und Infoseiten produziert werden. Die jungen, gut ausgebildeten Journalisten tragen starke Stimmen in den antirassistischen Diskurs.

In der Bundespressekonferenz werden an diesem Morgen zwei neue Gesetze vorgestellt. Das sogenannte Gute-Namen-

Gesetz (GuNaG) erlaubt Frauen und Diversen, ihre Namen dem Gender entsprechend anzupassen. Frauen mit männlich besetzten Nachnamen können diese in eine weibliche Form ändern. Aus Kaufmann wird Kauffrau, aus Angerer wird Angerin. Diverse Menschen können das Suffix -ix annehmen, zum Beispiel Kaufix und Angerix.

Das zweite Gesetz betrifft die gesetzlich festgeschriebene Diversitätsquote. Das Ministerium für Gerechtigkeit und das Antirassismusministerium haben zusammen eine Matrix für alle Personalebenen von Unternehmen entwickelt, die gerechte Teilhabe realisieren und Diskriminierung beseitigen soll.

»Ein Meilenstein«, sagt die zuständige Ministerin Anja Müller-Papst. »Ab dem kommenden Monat müssen sich Arbeitnehmer:innen und Arbeitssuchende dem neuen Gesetz entsprechend in den folgenden Kategorien eintragen: weiblich, männlich, divers, homosexuell, nichtbinär, weiß, BIPoC, muslimisch, nichtmuslimisch, mit/ohne Vielfaltsmerkmal, mit/ohne Hijab, mit/ohne Behinderung.«

Der Gesetzestext wird an die Anwesenden verteilt und gleichzeitig online gestellt:

Vielfaltsförderungsgesetz
(VifaföG)
§ 1
Diversitätsziel

(1) Ziel dieses Gesetzes ist, die Diversität der Angestellten und Manager:innen von Unternehmen zu erhöhen und diskriminierte Identitäten zu fördern.

(2) [1]Die Diversität der Angestellten und Manager:innen von Unternehmen wird in Vielfaltsmerkmalen gemäß § 2 bemessen. [2]Diskriminierte Identitäten sind solche im Sinne des § 3.

(3) [1]Angestellte im Sinne dieses Gesetzes sind Mitarbeiter:innen ohne Personalverantwortung. [2]Manager:innen im Sinne dieses Gesetzes sind Mitarbeiter:innen mit Personalverantwortung.

§ 2
Vielfaltsmerkmale

Merkmale der Vielfalt von Angestellten und Manager:innen sind:

a) weibliches Geschlecht;
b) nichtweiße Hautpigmentierung;
c) erkennbar gelebter muslimischer Glaube;
d) das regelmäßige, nicht nur gelegentliche Tragen eines Hijab;
e) eine Behinderung gemäß § 2 Abs. 1 SGB IX;
f) eine gleichgeschlechtliche sexuelle Orientierung;
g) andere Benachteiligungen gemäß § 33 c S. 1 SGB I.

§ 3
Diskriminierte
Identitäten

(1) Personen mit den folgenden Vielfaltsmerkmalen gehören zu den diskriminierten Identitäten ersten Grades:

a) nichtweiße Hautpigmentierung;
b) erkennbar gelebter muslimischer Glaube;
c) eine gleichgeschlechtliche sexuelle Orientierung;
d) diverse geschlechtliche Identität;
e) das regelmäßige, nicht nur gelegentliche Tragen eines Hijab.

(2) Personen mit den folgenden Vielfaltsmerkmalen gehören zu den diskriminierten Identitäten zweiten Grades:

a) asiatische Abstammung, soweit sie nicht eine nichtweiße Hautpigmentierung aufweisen und nicht erkennbar den muslimischen Glauben leben;
b) weibliches Geschlecht.

(3) Personen osteuropäischer Abstammung, die nicht eine nichtweiße Hautpigmentierung aufweisen und auch sonst nicht aufgrund ihres Aussehens eine vergleichbare Diskriminierungserfahrung machen, gehören zu den diskriminierten Identitäten dritten Grades.

§ 4
Bestimmungsbefugnis der Gesundheitsämter

Besteht zwischen Arbeitgeber:in und Arbeitnehmer:in keine Einigkeit über das Vorliegen von Vielfaltsmerkmalen und/oder über die Zugehörigkeit von Personen zu diskriminierten Identitäten, so entscheiden die örtlich zuständigen Gesundheitsämter.

§ 5
Vielfaltsmerkmale-Quotenregelungen

(1) [1]In Unternehmen sowie in Betriebsstätten und Niederlassungen von Unternehmen mit mindestens zehn Mitarbeiter:innen müssen mindestens fünfzig Prozent der Angestellten mindestens ein Vielfaltsmerkmal gemäß § 2 aufweisen. [2]Mindestens fünfundzwanzig Prozent der Angestellten müssen erkennbar muslimischen Glauben leben. [3]Mindestens fünfundzwanzig Prozent der Angestellten müssen weiblichen Geschlechts sein. [4]Mindestens fünf Prozent der Angestellten müssen muslimischen Glaubens und weiblichen Geschlechts sein sowie regelmäßig, nicht nur gelegentlich einen Hijab tragen. [5]Mindestens fünf Prozent der Angestellten müssen eine nichtweiße Hautpigmentierung aufweisen. [6]Mindestens drei Prozent der Angestellten müssen eine Behinderung im Sinne des § 2 Abs. 1 SGB IX aufweisen. [7]Mindestens fünf Prozent der Angestellten sind mit Personen zu besetzen, die anderen diskriminierten Identitäten zuzurechnen sind.

(2) [1]Fünfzehn Prozent aller Angestellten müssen homosexuell sein. [2]Bewerber:innen mit diverser geschlechtlicher

Identität dürfen nicht abgelehnt werden, solange sie – gemessen an den Erhebungen des Bundesstatistikamts – unterrepräsentiert sind.

(3) Im Management dürfen nicht mehr als fünfundzwanzig Prozent Männer sein, die nicht eine nichtweiße Hautpigmentierung aufweisen.

(4) [1]Die Gehälter und Lohnnebenkosten für Managements, die besonders divers sind, können bei der Ermittlung der Körperschaftssteuer mit fünfundzwanzig Prozent vom zu versteuernden Jahresergebnis in Abzug gebracht werden. [2]Besonders divers sind Managements, wenn mindestens fünfundsechzig Prozent ihrer Mitglieder Vielfaltsmerkmale gemäß § 2 aufweisen, mehr als vierzig Prozent Muslim:innen oder mehr als siebzig Prozent Frauen sind.

§ 6
Sonderkündigungsrecht

[1]Unternehmen haben ein Sonderkündigungsrecht bezüglich der Arbeits- und Dienstverträge mit ihren Angestellten und Manager:innen, sofern und soweit die bestehenden Arbeits- und Dienstverträge mit ihren Angestellten und Manager:innen den Quotenregelungen gemäß § 5 entgegenstehen. [2]Angestellte und Manager:innen ohne Vielfaltsmerkmale können mit einer Frist von sechs Wochen entlassen werden, sofern und soweit sie durch Angestellte und Manager:innen ersetzt werden, die Vielfaltsmerkmale gemäß § 2 aufweisen.

§ 7
Staatliche Förderung

[1]Manager:innen, die nicht eine nichtweiße Hautpigmentierung aufweisen, stellen ein besonderes strukturelles Hindernis für diskriminierungsfreie Unternehmen dar. [2]Ihr Innehaben von Machtpositionen konfrontiert diskriminierte Identitäten gemäß § 3 mit der schmerzvollen Geschichte

ihrer Unterdrückung und löst bei ihnen Stressreaktionen aus. [3]Das Bundesministerium für Justiz wird daher durch Rechtsverordnung gemäß Art. 80 GG ermächtigt, Managements, die eine nichtweiße Hautpigmentierung aufweisen, aus dem Bundesaufkommen der Umsatzsteuer finanziell zu unterstützen.

Bereits während der Pressekonferenz streiten Journalisten in den sozialen Medien über das Vielfaltsförderungsgesetz.

Der Tweet von Hatice Güler geht durch die Decke, »Migrant Supremacy!«, dahinter das Emoji einer dunkelhäutigen gereckten Faust. Güler ist Vorsitzende der Migrantenorganisation »Die Deutschen von morgen«, finanziert vom Ministerium für Gerechtigkeit. Als Kolumnistin für Migrationsthemen schreibt sie außerdem ehrenamtlich für den *Globus*. Die konservative *AKUT* warf Güler in einem bissigen Artikel einen auf der Hand liegenden Interessenkonflikt vor. Dank der Unterstützung durch antirassistische Kolleginnen konnte der Vorwurf abgewehrt werden. Bei der *AKUT* handelt es sich immerhin um eine fast rechtsextreme Publikation.

Noch am selben Tag veröffentlicht der *Globus* Gülers Kommentar. Unter dem Titel »Migrant Supremacy. Ein Schritt in die richtige Richtung« notiert sie: »Das Patriarchat – die reichen weißen Männer – bekommt jetzt die Quittung für Jahrhunderte von Frauenhass und Diskriminierung. Getroffene Hunde bellen, heißt es so schön. Wer jetzt auf diese Weise gegen Frauen, Muslim:innen, Schwarze agitiert, entlarvt sich als das, was er ist: ein alter Rassist. Und das kann weg.«

Auch Sabah Hussein ist an diesem Morgen vor Ort, auf dem Weg zum Gebäude der Bundespressekonferenz. Sie führt einen Demonstrationszug von etwa dreitausend vor allem jungen Menschen an. Zusammen mit anderen Protestierenden hält sie ein Transparent mit der Aufschrift »Diversity!« vor sich. In kurzen Abständen ruft sie »Vielfalt jetzt!« in ihr Megaphon, und die Menge hinter ihr wiederholt den Aufruf. Kurz vor der Bundespressekonferenz kommt die Demo zum Stehen. Hier haben sich bereits die Rechten versammelt, um mit einer skurrilen Aktion gegen das Diversitätsgesetz zu protestieren.

Das Bündnis aus rechten Gruppen, konservativen Politikern und Unternehmern hat den Verein »ProMann« gegründet, man fordert eine weiße Männerquote in Medien und Politik von dreißig Prozent. Laut »ProMann« ist der Anteil an weißen Männern in führenden Positionen in den vergangenen Jahren auf weniger als fünfundzwanzig Prozent gesunken. In gewissen Bereichen gebe es überhaupt keine weißen Männer mehr. »So geht es nicht weiter!«, rufen die konservativen Aktivisten. Sie haben ebenfalls ein Transparent entrollt: »Wir sind immer noch dreißig Prozent!« Pfiffe und Sprechchöre sind zu hören. Sabah und ihre Demonstranten schreien »Diversity!«, immer und immer wieder: »Diversity, diversity!«

Während sich draußen die Fronten verhärten, warten die Reporter im lichtdurchfluteten Hof des Gebäudes auf den Beginn der Pressekonferenz. Jonas Klagenfurt ist einer von ihnen. Er schreibt für *AKUT*, Deutschlands größtes Boulevardmagazin. *AKUT* steht vor allem für nackte Frauen, Genderbashing und Kritik an der Migrationspolitik. Schlimmer noch, *AKUT* gibt regelmäßig Argumentationshilfen für Rechte und Rechtsextreme. Am frühen Morgen hat Klagenfurt anonyme Post bekommen. Post wie früher, in einem Umschlag. Das ist sehr ungewöhnlich, aber: Papierpost – das fällt auf. Er holt den Brief aus der Umhängetasche, will sich die Dokumente noch einmal genau ansehen. Er hat eine starke Vermutung, warum man ihm diese Infos zugespielt hat.

Zuerst zieht er zwei Fotos aus dem Umschlag, Screenshots von Bildern, die jemand vor sechs Jahren, das ist am Datum zu erkennen, auf Facebook gepostet haben muss. Auf dem ersten Foto sind eine Frau mit einem Hijab und drei Kinder, ein Mädchen und zwei Jungen, abgebildet. Sie stehen in einem großen hellen Raum und lächeln in die Kamera. Im Hintergrund sieht man eine Wandtafel und einen älteren Mann mit Vollbart und Turban. Auch er lächelt. Auf dem zweiten Foto sind wieder die Frau und der Mann mit Turban zu sehen, neben ihnen steht das Mädchen mit einem Hijab. Sie ist ungeschminkt.

Klagenfurt stockte der Atem, als er die Bilder zum ersten Mal sah. Er wusste, dass es sich bei dem Mädchen um Sabah Hussein handelt, es musste sie sein, unverkennbar. Bloß, wo wurden die Aufnahmen gemacht? Wer sind die anderen abgelichteten Menschen? Und wer hat ihm die Bilder zugeschickt? Auf den Rückseiten der Fotos hat jemand mit schwarzem Edding ein einziges Wort geschrieben: Mleeta.

Jonas Klagenfurt ist einer der besten *AKUT*-Reporter. Selbst die, die *AKUT* abschaffen wollen, zollen ihm Respekt, weil er immer wieder dahin geht, wo es wehtut, und seine Interviews sind legendär, allen voran das mit der französischen Präsidentin Marine Le Pen. Man sagt, sie habe das Gespräch mit Klagenfurt abgebrochen und ihn aus ihrem Büro geworfen, weil er zu viele Franzosenwitze gemacht habe. Mit dem halblangen Bart, den strubbeligen Haaren und dem zerknitterten beigen Cordjackett macht Klagenfurt einen verwegenen Eindruck und wirkt ein paar Jahre älter, als er ist.

Mleeta, denkt er, Mleeta … Das sagt ihm doch was. Natürlich! Die berüchtigte Propagandastätte gegen Israel. Klagenfurt googelt auf dem Handy. Da ist es: Tourist Landmark of the Resistance. Eindeutig, die Bilder, die als Erste erscheinen, zeigen eine Art Freilichtmuseum. Panzer stehen rum, Granatwerfer sind zu sehen, ebenso wie die Bilder von Märtyrern, die im Kampf gegen Israel gefallen sind. In Mleeta, das weiß man, wird schon den Jüngsten eingebläut, wer der Feind ist: die Juden und ihr verhasster Staat. Jetzt lässt sich auch eruieren, wer der bärtige Mann ist. Hassan Nasrallah, der Chef der radikalen Schiitenorganisation Hisbollah. Das passt zu den Ausdrucken von arabischen Zeitungsartikeln, die auch in dem Brief liegen. Auf dem Foto zu einem der Artikel ist eine Straße voller Menschen zu sehen. Sie drängen sich um hochgehaltene, mit Flaggen der Hisbollah bedeckte Särge. Es ist eine Prozession zu Ehren der Toten. Soldaten oder Milizionäre recken Gewehre in die Luft. Ihre Gesichter sind vermummt. Klagenfurt überlegt. Will hier jemand beweisen, dass sich die mögliche nächste Bundeskanzlerin als Kind in Mleeta aufgehalten hat? Sind die Bilder echt? Aber nur weil Sabah einmal an einem antisemitisch geprägten Ort war, heißt das noch nichts. Den Facebook-Account, von dem die Bilder stammen, gibt es nicht mehr.

Er muss so schnell wie möglich rauskriegen, was dahintersteckt. Auch wenn das noch nicht für eine Geschichte reicht, es könnte ein Anfang sein. Sabah war ihm schon immer suspekt, gerade wegen ihrer engen Bindung zu Abd al-Malik und seiner Gemeinde. Das terroristische Netzwerk ist groß, und es gibt unzählige Zellen in Berlin. Klagenfurt packt die Unterlagen und verlässt die Bundespressekonferenz. Draußen ruft er Said an, den marokkanischen Kollegen aus der Grafikabteilung. Sie verabreden sich zum Lunch.

»Jonas, das ist reinste Propaganda. Es geht um Märtyrer im Süden des Libanon, die in einem Kampf bei Kafr al-Jedid gefallen sind.« Said blickt Klagenfurt verschwörerisch an. »Im Kampf gegen die Zionisten.« Er nippt an seinem Espresso. »Vielleicht interessiert dich ja das«, sagt er bedeutungsvoll, »es geht in allen Artikeln immer wieder um eine syrische Familie. Einer der Märtyrer kommt aus dieser Familie, er heißt Fadi. Fadi Hussein.«

»Okay. Hussein. Wie Sabah Hussein«, sagt Klagenfurt und nickt. »Liegt auf der Hand.« Aber das reicht noch immer nicht für eine saftige Story. Die Quelle ist unklar, der Wahrheitsgehalt fraglich, ein entsprechender Bericht könnte rufschädigend sein. Und doch, die Post schürt seine journalistische Neugierde. »Dank dir, Said. Lunch geht auf mich, gern bald wieder.« Er muss zurück zur Bundespressekonferenz.

Er weiß, er ist nicht der Einzige, der diesen Umschlag erhalten hat. Da plant jemand eine große Kampagne. Ihm soll es recht sein, ihm geht es jetzt vor allem darum, die Spur weiterzuverfolgen und der Erste zu sein, der mehr rausfindet. Aber was weiß er eigentlich über Sabah? Kurz rekapitulieren: Es ist bekannt, dass sie im Flüchtlingslager Rashidiya im Süden des Libanon geboren wurde und die ersten sechs Lebensjahre dort verbracht hat. Auch dass sie dann mit ihrer Familie über die Balkanroute nach Europa kam, nach Deutschland. Es gibt Bilder von ihren Eltern, wie sie mit Sabah im Winter durch einen eisigen Fluss waten. In Interviews schilderte sie regelmäßig, dass sie, so viele Jahre nach der Flucht, noch immer Albträume habe, weil sich diese fürchterlichen Erlebnisse in ihre früheste Erinnerung eingebrannt haben. Der Zaun in Ungarn etwa, den sie bei Nacht und Nebel überwinden mussten. Die bewaffneten Männer am Bahnhof in Budapest, an denen vorbei sie in einen Zug stiegen.

Schließlich kam die Familie nach Berlin. Sie wurde in einer Flüchtlingsunterkunft aufgenommen. Sabah betont immer wieder, dass sie hier zum ersten Mal Sicherheit verspürte und dass mit dieser Sicherheit Deutschland allmählich zu ih rem Zuhause wurde. Erst mit acht Jahren fing sie an, Deutsch zu lernen, übersprang bald eine Schulklasse und machte als Erste ihrer Familie Abitur. Sie wollte die Vergangenheit verdrängen, die Flucht, die Angst. Sie wollte so sein wie ihre Mitschülerinnen. Sie wollte dazugehören und dieses Gefühl niemals wieder aufgeben müssen. Wahrscheinlich hat sie darum nicht von ihrer Kindheit im Libanon berichtet. Mleeta hat sie nie erwähnt.

Zurück bei der Pressekonferenz versucht Klagenfurt rauszukriegen, welche Kollegen ebenfalls anonyme Post erhalten haben. Interessanterweise sind es allesamt Journalisten herkömmlicher Medien und nicht Vertreter des klar rechts positionierten Spektrums. Somit ist es fragwürdig, ob die möglicherweise kompromittierenden Dokumente einer rechten Hetzkampagne zugrunde liegen, mit der die muslimische Kanzlerkandidatin geschädigt werden sollte. Rechte Netzwerke unterhalten eigene Plattformen, sie würden die Informationen selbst veröffentlichen und nicht Systemjournalisten zusenden. Wer sonst? Politische Rivalen? Möglich. Aber wie sind sie an die Aufnahmen gekommen? Klagenfurt fragt sich jetzt, ob es den Facebook-Account, von dem die Fotos stammen, überhaupt je gegeben hat. Ist am Ende alles fake?

Wie auch immer, jemand will Sabah Hussein bösen Schaden zufügen.

5

Sven Birn ist Sabahs lautester Kritiker. Obsessiv arbeitet er sich an ihr ab. Kaum ein Tag vergeht, an dem Birn nicht auf Twitter, Telegram oder Instagram etwas über sie schreibt, ein unvorteilhaftes Bild hochlädt, dazu Zitate, häufig aus dem Kontext gerissen, die klarmachen sollen: Sabah ist unfähig und führt eine geheime Agenda im Schilde.

Und Sabah hat Birn schon mehrfach angezeigt. Etwa als er sie auf Twitter »Islam-Barbie« und »Politik-Aische« nannte. Während das Hamburger Landgericht »Islam-Barbie« als »Meinungsäußerung« einstufte, die Sabah »aushalten« müsse, wurde Birn für »Politik-Aische« zu einer Geldstrafe verurteilt und aufgefordert, die Tweets zu löschen. Die erste Gerichtsentscheidung wurde in den sozialen Medien von rechten Nutzern gefeiert und von linken zerrissen. Ein paar militante Aktivisten riefen im Netz dazu auf, den Richter »zu Hause zu besuchen«.

Geschadet haben Birn die Attacken auf Sabah nicht, im Gegenteil. Der stämmige Fünfzigjährige ist der Star der neuen Rechten, die im Netz längst zur Meinungsmacht aufgestiegen sind. Trotz neuer Gesetze, trotz strengerer Auflagen gegen die Betreiber sozialer Medien. Rechte Ideologie, Hass und Hetze sind online allgegenwärtig und so wirkmächtig, dass sie einen immer größeren Teil der politischen Diskussion prägen.

Sven Birn sieht gar nicht so unsympathisch aus, wie seine

Aktivitäten vermuten ließen. Er lacht viel und scheint sehr gesellig. Sein wuchtiger, fast zwei Meter großer Körper steckt in sehr weiten Anzügen, der oberste Hemdknopf ist stets geöffnet. Er erträgt es nicht, wenn das Hemd zu knapp anliegt, das Engegefühl spürte er schon als Jugendlicher jeden Tag, in der sächsischen Provinz, wo er aufwuchs und wo das Aufregendste war, wenn es in einer der gefährlichen Kurven der Landstraße einmal zu einem Unfall kam. In Mügeln gab es nichts, nur graue beklemmende Enge. Sie nahm ihm jeden Tag die Luft. Birn wusste, wenn er bliebe, wäre sein Leben vorgezeichnet. Er könnte Versicherungen verkaufen, in der Bankfiliale arbeiten, vielleicht in der Gemeindeverwaltung angestellt sein. Oder er würde arbeitslos und von der Stütze leben.

Diesem Schicksal musste er entrinnen. Nach der mittleren Reife haute er ab, ging an den Ort, der wie kein anderer für das Gegenteil seiner Welt stand, nach New York. Er jobbte in Cafés und Hotels und nutzte seine freie Zeit und das Geld, das er verdiente, für den Aktienhandel. Das war sein Ticket nach oben, dieses Geschäft stand jedem offen, egal ob er von der Upper East Side kam oder aus dem ländlichen Sachsen. Wenn andere Urlaub machten, verdiente Birn das Geld, das er für seine Investments brauchte.

Gleichzeitig reifte seine Abneigung gegenüber denen, die als Wirtschaftsflüchtlinge – so sah er es – und Migranten in seine deutsche Heimat kamen, versorgt wurden und Möglichkeiten erhielten, die so viel besser waren als das, was er als kleiner Junge zu erwarten hatte. Sie wurden nur noch gieriger und saugten das Land aus und wollten es auch noch islamisieren. Wenn er Nachrichten über Initiativen zur Flüchtlingsaufnahme aus Deutschland hörte, über Vorhaben, den Migranten mehr Teilhabe zu ermöglichen, verspürte er Abscheu. Sollten sie es doch mit ihren eigenen Händen erreichen wie er, sollten sie doch selbst dafür sorgen, dass sich in ihren Ländern etwas verbessert, anstatt in Scharen das Weite zu suchen und sich von anderen durchfüttern zu lassen.

Jetzt, fast dreißig Jahre später, ist Sven Birn zurück in Deutschland. Aber nicht als einsamer Twitter-Troll, sondern als millionenschwerer Unternehmer. Sein Vermögen hat er mit Aktien und Immobiliengeschäften gemacht und das Geld dann über eine Holding in eine Vielzahl von Beteiligungen gesteckt. Einen Teil des Geldes nutzt er für den Kampf gegen das »kaputte System Deutschland«. Als Geschäftsführer der Safe Future GmbH bedient er mit seinen Projekten die konservative bis rechte Klientel. Er hält mit seiner Gesinnung nicht hinterm Berg, im Gegenteil, er ist Mitglied der ZfD, der Zukunft für Deutschland, die im Bundestag und in allen Landesparlamenten vertreten ist. Vor allem die sogenannten neuen Bundesländer drohen durch die starke ZfD unregierbar zu werden. Die Partei feiert Sven Birn regelmäßig für seine Attacken gegen die von ihm verhassten »Systempolitiker«.

Birn steht in seiner Villa in Hamburg-Nienstedten. Hier hat er einen eigenen »Newsroom für wahre Information« eingerichtet. Acht Mitarbeiter sitzen an Schreibtischen vor ihren Rechnern, tippen, telefonieren. An einer Wand sind Bildschirme angebracht. Es laufen Nachrichtensender. In diesem Newsroom entsteht die Website tnt-news.de. »TNT. Wie das Dynamit«, sagt Birn. »Eine Fabrik für Fake News«, sagen seriöse Journalisten und Politiker. Gerade haben zwei TNT-Berichte eine besonders hohe Reichweite erzielt: »Jüdische Unternehmer wollen deutsche Frauen sterilisieren.« Und: »Muslimbruderschaft finanziert Umsiedlung aus Nordafrika nach Deutschland, um das Land zu übernehmen.«

Bizarr für viele, glaubhaft für manche. Und immer wieder geht es um Sabah Hussein. In wenigen Stunden bringt *TNT* das Interview mit einer russischen Expertin in Moskau, worin diese erklärt, muslimische Frauen seien von Natur aus anders als westliche Frauen. »Muslimas sind genetisch unglaubwürdig. Sie sind listig und verfügen über besondere hypnotische Fähigkeiten.« Auf die Frage des *TNT*-Reporters, wie sie Sabah Hussein einschätze, antwortet die Russin: »Exakt so.«

Birn hat einmal zu Protokoll gegeben, dass seine Nachrichten die deutsche Medienlandschaft interessanter machen. »Lassen Sie es mich so formulieren: Wir hinterfragen gängige Erklärungsansätze. Das finde ich richtig und gut. Die Welt ist komplexer, als die Peer-Medien vorgeben. An den hohen Abrufzahlen sehen wir, dass sich viele mit unseren Perspektiven auseinandersetzen.«

Die Krise der klassischen Medien macht Birns Erfolg erst möglich. Dank der unaufhaltsam fortschreitenden Digitalisierung kann er schnell und breit agieren. Es wird vermutet, dass er einen Digitalmultiplikator installiert haben soll, einen Rechner, der im Sekundentakt in den sozialen Medien neue Profile kreiert und die *TNT*-Inhalte dann über diese teilt. So werden die Inhalte ständig zu aktuellen Trends hochgespült. Drei seiner Mitarbeiter waren zuvor für *WTL* tätig, den größten Privatsender des Landes. Dort haben sie wertvolle Informationen erhalten und Erfahrungen gesammelt mit der Automatisierung und Skalierung von digitalen Inhalten. *WTL* erstellt viele Videos ausschließlich automatisiert. Aus Agenturmeldungen erstellt der Rechner einen Text und legt die entsprechenden Bilder darunter. Der Algorithmus scannt das Nutzerverhalten und spielt den Konsumenten gezielt weitere passende Inhalte zu. Das senkt Kosten und lässt manipulativ trendsetzende Plattformen wie *WTL* – und *TNT* – immer mehr Einfluss gewinnen. Für Birn eine Win-win-Situation.

Sven Birn eilt die geschwungene breite Treppe hinunter in die Empfangshalle der Villa. Vor der Tür wartet ein schwarzer Mercedes. Hamburg-Nienstedten war schon immer Rückzugsort der »Pfeffersäcke«, wie die Reichen in der Hansestadt genannt werden. Der Stadtteil ist geprägt von prächtigen Villen mit Säulen, Veranden und Wintergärten. In dem weitläufigen Jenischpark spielen Kinder in ordentlichen weißen Hemden Federball. Eine blonde Mutter mit einer Sonnenbrille von Dolce & Gabbana schiebt einen teuren Kinderwagen vor sich her. Gleich drei Privatschulen gibt es hier, an zweien wird auf Englisch unterrichtet. Das Schulgeld liegt bei siebzigtausend Euro im Jahr.

Das Viertel erlebt einen starken Zuzug aus den innenstadtnahen Stadtteilen. »Hier ist die Welt noch in Ordnung«, sagen die Bewohner, während man zum Beispiel in Sankt Georg seines Lebens nicht mehr sicher sei. Banden, Drogen, Schießereien, Friedensrichter, Brandanschläge, kaputte Schulen, wo Lehrer und Schüler bedroht werden und an Unterricht kaum noch zu denken ist. Um solchen Umständen zu entkommen, nehmen viele junge Familien einen hohen Kredit auf, der die eigentlichen finanziellen Möglichkeiten übersteigt.

Man wählte die ÖP oder die Wirtschaftspartei. Man war aufgeschlossen für sichere Fluchtwege aus Afrika und dem Nahen Osten nach Deutschland. Man unterstützte die Bundesregierung. »Jeder darf kommen.« Das Transparent hing lange Zeit aus einem Fenster im ersten Stock einer der großen Villen. Und doch: Nienstedten ist ein konservatives Viertel, in dem man darauf bedacht ist, die eigenen Privilegien zu bewahren und das Geld zusammenzuhalten. Nur wer es hat, kann sich das Leben in den Elbvororten leisten. Hier wohnen keine Muslime, keine Schwarzen, hier ist das alte wohlhabende Deutschland noch unter sich. Deshalb nahm die Nervosität zu – genauso wie der Stimmenanteil der ZfD.

Immer häufiger kam es dann in der Nähe der großen Villen zu Demonstrationen der Jungkommunisten, die die Enteignung der Besitzer fordern. Die Menschen in Nienstedten fürchteten sich und überlegten Schritte und Maßnahmen, um sich und ihre Privilegien zu schützen. Sie wandten sich an Sven Birn.

Es gab heftige Kontroversen, aber am Ende beschloss das Viertel, bei Birn und seiner Safe Future GmbH ein Sicherheitssystem in Auftrag zu geben. Innerhalb weniger Monate wurde ein hoher Zaun errichtet, die Zufahrt nach Nienstedten ist nur noch über neun Einfahrten möglich, die Tag und Nacht bewacht werden. In vielen Ländern schirmen sich die Reichen auf diese Weise von der Außenwelt ab und igeln sich in Gated Communities ein. Auch in München, Stuttgart, Frankfurt und Berlin hat Birn seine Sicherheitssysteme bereits gebaut.

Es hat sich eine Gegengesellschaft etabliert, die gerne auch wohlhabende Asiaten oder Russlanddeutsche willkommen heißt, Hauptsache, man teilt die Ablehnung von Quoten, Sprachvorgaben, kulturellem Wandel, man hört klassische Musik, pflegt einen altmodisch anmutenden Kleidungsstil. Man versucht, Form und Inhalt vergangener Zeiten zu konservieren. Weil die Kanzlerkandidatin in einem Interview jüngst gedroht hat, gezielt Migranten in weiß geprägten Stadtteilen anzusiedeln und die Wohnfläche pro Bürger zu deckeln, herrscht enormer Unmut in Nienstedten. Manch einer denkt darüber nach, Deutschland zu verlassen. Agenturen werben um Ausreisewillige, und Singapur lockt mit einer unbeschränkten Aufenthaltsgenehmigung für Deutsche, die mindestens drei Millionen Euro auf eine Bank des südostasiatischen Stadtstaats überweisen. Nicht wenige haben das bereits getan.

In seinem Mercedes gleitet Sven Birn über von Bäumen gesäumte Landstraßen nach Mecklenburg-Vorpommern. Er hört Radio und summt zufrieden vor sich hin. Er ist der große Gewinner. Nach den Sicherheitssystemen ist sein Unternehmen schon mit der nächsten Sache beschäftigt. In einer menschenleeren Ecke in der Seenplatte will er eine Utopie der neuen Rechten in die Tat umsetzen: ein eigenes Reich. Die staatlichen Strukturen haben versagt, Deutschland und die EU steuern unaufhaltsam auf den Zusammenbruch zu, das ist das neurechte Mantra. Die Zeit ist gekommen, das Schicksal in die eigene Hand zu nehmen.

»Yes, and they say we're gonna have to pay what's owed. We're gonna have to reap from some seed that's been sowed«, singt Mark Knopfler. Super Song, denkt Birn, so ist es doch, und dreht das Radio auf. Bald bin ich da. Er fühlt sich gut.

Neu-Gotenhafen. Unter diesem Namen soll die ambitionierte Idee Wirklichkeit werden. Gotenhafen hieß bis zum Ende des Zweiten Weltkriegs die polnische Stadt Gdynia an der Danziger Bucht. Von da stachen beim Vormarsch der Roten Armee in den letzten Monaten des Zweiten Weltkriegs Flüchtlingsschiffe in See, sie sollten Vertriebene aus den Ostgebieten in den sicheren Westen bringen. Mehrere, darunter die *Wilhelm Gustloff*, wurden versenkt, und Tausende Menschen fanden in den kalten Fluten der Ostsee den Tod.

Vor drei Jahren haben rechte Gruppen angefangen, in Mecklenburg-Vorpommern in großem Stil Land zu kaufen. Für die Ansiedlung echter Deutscher. Die Immobilienpreise in der Region waren im freien Fall, die überalterte Bevölkerung schrumpfte zusammen. Während an der Küste der Tourismus für Aufschwung sorgte, erlebte das Hinterland seit vielen Jahren einen Aderlass.

Die alten Bewohner der Gegend rätselten, was es mit dem von einem Verein organisierten Landkauf auf sich hatte. Steckte ein landwirtschaftlicher Großinvestor dahinter? Oder gar die Chinesen? Dann stellte Birn die Website online, neugotenhafen.de. Darin werden der Verein und sein »Siedlungsprojekt« beschrieben. Ansiedeln kann sich, wer Mitglied des Vereins wird. Über die Aufnahme entscheidet ein Komitee. »Wir wollen autark sein. Selbstständig. Unser Verein ist nicht rassistisch. Jeder kann sich bewerben«, sagte Birn gegenüber der Presse. Aber schnell kamen Zweifel auf.

Die Pläne sehen allein stehende Häuser und Reihenhäuser vor, manche mit Seezugang. Es gibt ein aufwendig gemachtes Video mit einer Animation, die zeigt, wie Neu-Gotenhafen einmal aussehen soll, eine Straßenzeile mit Geschäften, ein Dorfplatz mit einer Kirche, ein Gesundheitszentrum und ein Freibad. Üppige Obstgärten, weite Getreidefelder, liebliche Blumenwiesen – und immer wieder Bilder einer glücklichen weißen Gemeinschaft.

Auf der Baustelle in Mecklenburg-Vorpommern wird Birn begleitet von einem bulligen braun gebrannten Mann in beiger Hose und weißem Hemd. Nils van Vliet ist der Vorsitzende des Vereins Neu-Gotenhafen. Von weitem könnte man ihn für einen Südländer oder einen Nordafrikaner halten, wären da nicht die dichten blonden Haare. Der Mann hat eine zwielichtige Vergangenheit, über die wenig bekannt ist, außer dass er lange Bürgermeister der Stadt Orania in der südafrikanischen Provinz Westkap war. Orania gilt als Vorbild für Neu-Gotenhafen.

Sven Birn hat auf YouTube von van Vliet und Orania erfahren. Die Bewohner der Burenstadt wurden in dem Beitrag entweder als ewige Rassisten oder als verträumte Idioten dargestellt. Orania war eine sicher umzäunte Stadt mit effektiv funktionierender Landwirtschaft, ordentlichen Häusern und einer festen Gemeinschaft, die wuchs und wuchs. Ihre Leitschnur: Bibeltreue. Birn war beeindruckt.

Das, was die Buren in Orania schafften, will er in Neu-Gotenhafen vollbringen, mit Beratung und Hilfe aus Südafrika. Ein alternatives Deutschland, in dem Weiße den Müll entsorgen, die Straßen fegen. Selbstbestimmung. Kein Nichtweißer soll hier leben. »Was passiert, wenn sie erst einmal da sind, das kann man ja in der Welt da draußen sehen«, sagen die Macher von Neu-Gotenhafen.

Ein paar Gebäude stehen schon, einfache, kleine Fertighäuser. Das Zentrum von Neu-Gotenhafen soll der Marktplatz bilden, an dessen einer Seite gerade die Kirche errichtet wird. Es ist keine protestantische oder katholische Kirche. Hier entsteht das Gotteshaus einer evangelikalen Gruppe, die die Wiedererweckung eines konservativen Christentums beschwört.

Sven Birn und Nils van Vliet schauen über den Platz. Eine junge Frau kommt auf sie zu. Sie hat ihre Haare zu einem Pferdeschwanz zusammengebunden. Der trainierte Körper steckt in einem Tarnanzug.

»Denise. Schön, dich zu sehen!«, sagt Nils van Vliet.

6

Schreie, Verzweiflung, blinde Gewalt. Weinende Frauen, die ihre Kinder in den Armen halten. Sabah sitzt am Küchentisch und starrt auf den Laptop. Die Nachrichtenseiten zeigen völlig überfüllte Boote auf hoher See. Menschen treiben im offenen Meer, viele ohne Rettungswesten, nur wenige können von einem internationalen Bergungsschiff gerettet werden. Dann Explosionen, Tränengas, schwer bewaffnete Soldaten. Sie drängen Menschen zurück und schießen auf Kinder und Jugendliche.

Auf den Videos sieht man Szenen der Operation »Ewige Einheit«. Über Nacht hat die Volksbefreiungsarmee, mit zweieinhalb Millionen Soldaten die größte Armee der Welt, das abtrünnige Taiwan besetzt. Die Invasion begann um 04:00 Uhr Ortszeit zu Wasser und zu Luft. In ganz Taiwan wurden die Menschen vom Sirenengeheul aus dem Schlaf gerissen. Die Streitkräfte gingen mit äußerster Gewalt vor, zuerst bombardierten sie den Flughafen von Taipeh, dann feuerten Kriegsschiffe auf die wichtigsten Hafenanlagen. Zuletzt gingen Tausende chinesische Soldaten an Land und besetzten Regierungsgebäude, Medien, Banken, Transportknotenpunkte. In wenigen Stunden war das demokratische Land im chinesischen Meer Geschichte.

Sabah ist fassungslos. Sie legt eine Hand auf den Mund, Tränen schießen ihr in die Augen. Auf einem sehr verwackelten Handyvideo rennt eine Frau in blutgetränkter Bluse mit ihrem Baby im Arm über eine Straßenkreuzung, offenbar beim Versuch, sich in Sicherheit zu bringen. Ein Soldat steht hinter einer Hauswand ein paar Meter weiter. Er springt hervor, holt mit dem Maschinengewehr aus und rammt es der Frau ins Gesicht. Sie fällt auf die nasse Straße, das Baby wird durch die Luft geschleudert und landet hart auf dem Bordstein. Es bleibt regungslos liegen.

Die Welt ist entsetzt. Die Vereinten Nationen haben sofort eine Sondersitzung einberufen. Mit deutlichen Worten verurteilen zahlreiche UN-Botschafter den chinesischen Einmarsch und fordern die Regierung in Peking auf, sich zurückzuziehen. Peking hat bisher nicht darauf reagiert. Eine UN-Resolution, die den Einmarsch offiziell verurteilt hätte, scheitert an den Vetos von China und Russland.

Gleichzeitig macht Peking kurzen Prozess mit den demokratischen Symbolen der abtrünnigen Insel. Der Sitz des taiwanesischen Parlaments in Taipeh wird noch am Tag des Einmarschs gesprengt. Aufnahmen zeigen, wie das schlichte moderne Gebäude nach einer heftigen Detonation in sich zusammenbricht. »Unser unbedingter Wille zur Einheit verbindet das chinesische Volk für immer«, verliest eine Nachrichtensprecherin in den Abendnachrichten von *CCTV* das Statement der Regierung in Peking.

Die taiwanesischen Medien wurden sofort abgeschaltet, ausländische Seiten blockiert. Ein Video zeigt, wie sich ein Journalist unter seinem Schreibtisch im Großraumbüro des Senders *ITTV* versteckt. »Sie sind in unserem Gebäude, sie nehmen jeden mit! Die Welt muss sehen, was hier passiert! Helft uns, wir –« Die Kamera wackelt, der Ton reißt ab. Schwarz. Was aus dem Journalisten und seinem Kameramann geworden ist, weiß niemand. Gleich nach der Besatzung sind über zehntausend Menschen inhaftiert worden,

Hunderte wurden erschossen. Sie hätten, so berichtete *CCTV*, sich der »Ewigen Einheit« widersetzt.

Sabah klappt den Laptop zu. Wie kann das passieren! Sie muss etwas tun. Sie weiß, sie muss klare Kante zeigen, sie muss die chinesische Politik scharf kritisieren. Aber sie weiß auch, dass ihr die Hände gebunden sind. Als leitende Mitarbeiterin im Bundesinnenministerium ist sie Teil der Regierungsdelegation, die noch an diesem Tag nach Peking fliegen soll, angeführt von der Bundeskanzlerin persönlich. Mit ihr reisen Vertreter von Bundeskanzleramt, Außen- und Innenministerium. Sabah wird sagen, dass man mit aller Macht für Freiheit und Demokratie eintritt. Auch die Kanzlerin wird Chinas Politik verurteilen. Aber es sind Worthülsen, längst sind die Zeiten vorbei, in denen Peking solche Äußerungen auch nur ansatzweise ernst nimmt. So läuft das politische Spiel.

Seit einer Woche steht die Reise fest. Sie wurde geplant und mit den chinesischen Behörden vereinbart, weil die beiden Länder ein heikles und für Deutschland sehr wichtiges Thema verhandeln müssen. Denn die chinesische Führung hat Anstalten gemacht, nach einem der größten deutschen Internetkonzerne zu greifen. Der E-Mail-Anbieter deutschlandweb.de, eine erfolgreiche Aktiengesellschaft, ist als Betreiber zahlreicher sozialer Netzwerke und über die Startseite mit den nationalen und internationalen Nachrichtenmeldungen eine zentrale Informationsquelle. Die Daten von Hunderttausenden Nutzern in den Händen der Chinesen? Eine schreckliche Vorstellung. Außerdem könnte man auch den angezeigten Nachrichten keinen Glauben mehr schenken, wenn die Seiten der Regierung in Peking gehören.

Lange hat man diskutiert, ob der Staat nicht eingreifen und deutschlandweb.de als Gesellschafter oder in Form von

Bürgschaften unterstützen soll. China bekam Wind von den Überlegungen und drohte: Sollte die Bundesregierung einschreiten, um die Übernahmepläne zu vereiteln, würden deutsche Waren in großem Umfang mit einem Embargo versehen und vom Chinageschäft ausgeschlossen werden. China würde außerdem massenweise Euro abwerfen, was zu einer deutlichen Währungsabwertung führen würde.

Die Bundesregierung wusste, dass sie nicht einfach nachgeben durfte. Gleichzeitig war klar, Deutschland – wie die gesamte EU – befindet sich in einer schlechten Verhandlungsposition. Die Chinesen haben ihre Machthebel über Firmenaufkäufe und direkte Beteiligungen im Westen stark ausgebaut. Der deutsche Mittelstand, das Rückgrat der Industrie, ist abhängig vom Reich der Mitte.

Vor allem die Währungskrise und der Niedergang des Euro schwächten Deutschlands Position. Stetig fallende Negativzinsen führten dazu, dass sowohl Guthaben als auch Schulden immer weniger wert wurden. Immobilien wurden nicht mehr gegen Geld, sondern gegen Aktienpakete verkauft. Es drohte der Systemkollaps. Gehälter und Renten mussten permanent erhöht werden. Gold und Aktien wurden zur Parallelwährung. Das machte sich Peking zunutze und tätigte massive Währungskäufe. China stabilisierte so den Wert des Euro, sicherte sich aber ein Ass für alle künftigen Verhandlungen. Jetzt zogen die Chinesen genau diese Karte.

Nach Bekanntwerden der Übernahmepläne reagierte die deutsche Öffentlichkeit überaus heftig, die Presse lief Sturm. Die Bundesregierung entschied sich, Verhandlungen zu wagen und die chinesische Führung dazu zu bringen, auf den Deal zu verzichten.

Auf dem Weg zum Flughafen denkt Sabah an die Bilder,

die sie eben gesehen hat. Schon lange war klar, dass China Ambitionen hegte, Taiwan wieder vollumfänglich einzugliedern. Dass die chinesische Führung auf diese brutale Weise ernst macht, zeigt vor allem eins: Sie kann es, und zwar ohne Konsequenzen zu fürchten. Die Welt sortiert sich neu, Europa und Deutschland werden nicht vorne mit dabei sein. Sabah fragt sich, wie sie das findet. Für ihre Karriere jedenfalls ist es von geringer Bedeutung. Sie muss die Gegebenheiten bloß richtig nutzen.

Für den Flug hat sie ein rotes Kleid mit schwarzem Gürtel angezogen. Schnell schreitet sie durch den Abflugbereich für Regierungsmaschinen am Berliner Flughafen. Vor den Kameras der Journalisten bleibt sie stehen.

»Das sind unfassbare, menschenverachtende Szenen«, sagt sie sichtlich betroffen. »Wir dürfen das nicht tolerieren und werden der chinesischen Regierung in aller Deutlichkeit klarmachen, dass Deutschland diesen Einmarsch aufs schärfste verurteilt und künftig internationales Recht eingehalten werden muss.«

Dann geht sie über das Rollfeld auf die Gangway zu, gefolgt von einer ausgewählten Entourage von Journalisten, YouTubern und Bloggern.

Neun Stunden Flug. Wann sonst hat Sabah so viel Zeit am Stück, um einfach lesen zu können, ohne von einem Termin zum nächsten hetzen zu müssen? Die vergangenen Wochen und Monate waren voll gepackt mit Verpflichtungen, der Alltag durchgetaktet von morgens bis abends. Sabah döst ein über ihrem Buch, die Stunden vergehen. Sie wacht erst wieder auf, als der Pilot die Anschnallzeichen anschaltet und die Landung ankündigt.

Als Sabah aus dem Flugzeug steigt, stellt sie fest, dass die deutschen Nachrichtenseiten, die sie über das WLAN im

Flugzeug eben noch lesen konnte, gesperrt sind. Auch alle anderen ausländischen Websites sind geoblockiert. Nur die internationalen Seiten des chinesischen Senders *CCTV* sind abrufbar. Die haben das tatsächlich durchgezogen, denkt sie.

Sabah weiß, dass China gegen sämtliche diplomatischen Gepflogenheiten verstößt, wenn es ausländische Gäste von Informationsquellen abschneidet. Die deutsche Botschaft hat bereits protestiert. Aber die Chinesen sind hart geblieben, und Deutschland musste akzeptieren. Man ist gerade nicht in der Position, Forderungen zu stellen.

Der Konvoi fährt auf einer leeren achtspurigen Autobahn in die Innenstadt. Im ersten Protokollwagen sitzt die Kanzlerin. Dahinter die Minister. Es folgen die Wirtschaftsvertreter und am Ende die Journalisten. Die Größe des Konvois verrät die Bedeutung der Gäste. Der deutsche Konvoi ist zwölf Wagen lang. Vergangene Woche war der sudanesische Präsident in Peking. Sein Konvoi war elf Wagen lang. China braucht die Rohstoffe des Sudan.

Es geht vorbei an gleißenden Hochhäusern, blitzblanken Plätzen. Die Trabantenstädte erstrecken sich über zwanzig Kilometer. Ein Hochhaus sieht aus wie das andere. Wie klinisch rein alles ist! Sabah staunt. Sie hätte das nicht für möglich gehalten. Sie fühlt sich abgestoßen und ist fasziniert zugleich. In Berlin gibt es kaum noch eine Wand, die frei von Graffiti ist. Wegen der Müllentsorgungskrise häuft sich in vielen Stadtteilen der Unrat, deutsche Kommunen haben ein Rattenproblem, das nur noch schwer in den Griff zu bekommen ist. Auch die Zahl an Obdachlosen und Drogenabhängigen ist weiter steigend. Hier sieht man nichts davon, die Straßen sind auch nicht von Demos verstopft. Klinisch reine Konformität.

Und alles ist emissionsfrei! In den Unterlagen zur Vorbereitung auf die Reise hat Sabah gelesen, dass China im Eiltempo das umgesetzt hat, woran Europa bis heute scheitert. Fast hundert Prozent erneuerbare Energien. Elektroautos. Grüne Architektur mit Etagen voller Gärten in den Wolkenkratzern. Riesige Flächen auf dem Land, die von Solarfeldern bedeckt werden. Dabei ist es noch gar nicht lange her, dass chinesische Städte die schlechtesten Umweltwerte überhaupt vorwiesen. Eltern erzählen den Kindern, dass man in Peking einst Bildschirme aufstellte, auf denen eine künstliche Sonne zu sehen war, weil die Sonne am Himmel vom Smog verdunkelt wurde. Aber die Führung erkannte, dass die schlechten Umweltbedingungen zu Oppositionsgedanken in den Köpfen der Bevölkerung führten. Und weil man die wirtschaftlichen Chancen witterte, steuerte die Parteizentrale im Rekordtempo gegen die negative Entwicklung und exportiert seither grüne Technologie in aller Herren Länder. Sabah ist beeindruckt, sie nimmt sich vor, ihre Partei zu briefen und noch mehr darauf zu drängen, klare Ziele in diese Richtung im Programm zu formulieren. Deutschland muss mitziehen, um nicht abgehängt zu werden. Und sie wird diese Entwicklung maßgeblich mitprägen.

Die Delegation besucht das Technologiezentrum »Harmonie und Weisheit«. Stolz erzählt Professor Au Wong, einer der Leiter, dass in der Einrichtung nicht nur universitär geforscht und gelehrt wird. Auch Schulen sind an das Zentrum angebunden. Sein Englisch ist hervorragend. »Schon unsere Kleinsten lernen hier Programmieren und Astrophysik.« Einer der Forschungsschwerpunkte sei die Entwicklung von Modulen für Marsstationen. »Unsere erste Mission liegt fünf Jahre zurück. Jetzt arbeiten wir daran, Chinesen auf den Mars zu bringen«, sagt Au Wong. »Der Planet wird uns gehören.«

Sabah beobachtet, wie die Schüler in dem modernen hellen Forschungsraum 3-D-Modelle des Weltalls analysieren, wie sie diskutieren. Der Lehrer richtet einen Laserpointer in der 3-D-Animation auf einzelne Planeten und vergrößert sie. Sabah erinnert sich an ihre eigene Schulzeit. Wie sie in einem zugigen dunklen Altbau mit Linoleumboden saßen und die Mathematiklehrerin sich alle erdenkliche Mühe gab, ihnen Exponentialrechnen beizubringen. Sie war eine junge weiße Referendarin. Farid und Tayfun äfften sie nach und machten türkische Witze über sie, die sie nicht verstehen konnte. Die meisten Schüler sprachen nicht besonders gut Deutsch und wollten sich von dieser unerfahrenen Lehrerin nichts sagen lassen. Die Begeisterung für Astrophysik wie hier wäre an ihrer Schule unvorstellbar gewesen. Wenn sich die Jungs für etwas interessierten, dann höchstens für den islamischen Religionsunterricht. Aber die eifrigen chinesischen Schüler! Sabah spürt Respekt. Und Angst.

Staatssekretär Matthias Weiß aus dem Bundesforschungsministerium fragt: »Wie hoch ist Ihre Frauenquote?« Au Wong lächelt und dankt für die Frage. Er zeigt auf die Mitarbeiter im Großraumlabor. »Wir haben viele Frauen und Männer aus aller Welt. Sie kommen gerne. Wir bezahlen gut und bieten großartige Arbeitsbedingungen. Unsere Aufnahmetests sind hart. Wir gehen danach, wer am besten ist, und nicht danach, welches Geschlecht jemand hat. Wir haben auch ein paar deutsche Forscher angestellt, die besten aus Ihrem Land.« Au Wong winkt einer blonden Frau in weißem Kittel zu. Sie schaut von ihrem Arbeitsplatz auf und kommt zu der Delegation herüber.

»Hallo!«, sagt sie strahlend. »Christina Erdinger, sehr erfreut.« Au Wong ist der Stolz anzusehen. »Die Bedingungen sind in der Tat hervorragend. Mein Gehalt ist doppelt so hoch wie das, was ich in Deutschland verdienen würde. Mir wird ein eigenes Haus mit fünf Zimmern und einem Pool in einem der Wohnparks gestellt. Die guten Voraussetzungen hier in den Labors sehen Sie ja selbst.«

Die Delegationsmitglieder schweigen betreten. Zum Glück meldet sich wieder Staatssekretär Weiß. »Das zeigt doch: China kann von dem deutschen Know-how profitieren«, sagt er.

»Selbstverständlich. Ihre Firmen gehören uns doch«, sagt Professor Au Wong und lacht. Keiner lacht mit. Sabahs Angst ist größer geworden. Diese Welt funktioniert nach anderen Regeln. China wird seine Ziele rücksichtslos verfolgen.

Auf dem Rückweg ins Hotel fährt die Delegation wieder an der klinischen Reinheit der Hauptstadt vorbei. Die Menschen tragen klassische westliche Kleidung. Sie sehen aus wie die meisten Europäer vor vielen Jahren, denkt Sabah. Zu Hause, vor allem in den Städten, hat man Konventionen gesprengt, und jungen Menschen ist ein geschlechtsneutraler Stil sehr wichtig. Sie bezahlen viel Geld für einen nichtbinären Haarschnitt und tragen Unisexkleidung, die ihre Körperformen kaschiert.

»Warum«, fragt Sabah mehr sich selbst als ihren Begleiter Hong Kwa, der neben ihr im Auto sitzt, »warum sehe ich Ihr Land und seine Menschen, und es ängstigt mich?« Sie macht eine Pause. »Sind diese Menschen glücklich? Ist es Glück, ein Dach über dem Kopf zu haben, genug zu essen? Fehlt ihnen nichts? Die Suche nach dem Selbst, eigenen Interessen nachgehen, diskutieren, streiten, den Charakter ausleben, Überzeugungen haben und für sie eintreten, bei sich sein und sich selbst finden?«

»Ist denn nicht alles in perfekter Ordnung?«, fragt Hong Kwa überrascht. »Ist denn nicht alles, was Sie sehen, in einem Zustand höchster Entwicklung? Die chinesische Mittelschicht ist die größte der Welt. Nur noch acht Prozent leben unterhalb der Armutsgrenze. Wir haben die beste Medizin, die höchste Lebenserwartung aller Länder. Wir haben Spitzenwerte bei der Bildung. Hier fahren die schnellsten Züge, leben die meisten Millionäre und Milliardäre. Bei uns gibt es keine Unruhen. Wir sind ein Volk auf höchster Stufe und in vollkommener Harmonie.«

Sabah kann es nicht verstehen, es will ihr nicht in den Kopf. »Denken all diese Menschen das wirklich? Sie schuften doch für ein Regime. Ich habe das Gefühl, sie sind nur eine große Masse.«

»Eigenartig«, sagt Hong Kwa, »bei Ihnen geht es, so betonen Sie immer wieder, um Individualität. Aber wenn ich den Deutschen zuhöre, dann klagen alle, wie benachteiligt sie sind, wie unterdrückt und unglücklich. Sie zweifeln an sich, an ihrer Kultur, ihrer Geschichte. Ich sehe Schwäche. Bei uns ist es anders. Wir wollen Wohlstand und Macht für unsere Nation, wollen vorwärtskommen. Bei jedem Schritt, den wir auf diesem Weg machen, spüren wir Glück und Stolz. Wir glauben an unsere Stärke. Wir sind eine Gesellschaft voller Kraft. Was ist denn nun besser?«

Sabah sagt nichts. Hong Kwa spricht mit dem Fahrer. Er biegt ab, und nach wenigen Minuten schlängelt sich der Wagen durch ein enges Straßengewirr. Hier stehen keine modernen Hochhäuser, sondern schlichte niedrige Gebäude, zum Teil aus Holz. Garküchen säumen den Straßenrand. Der Wagen hält vor einem Haus mit einer hölzernen Veranda. Vom Balkon im ersten Stock hängt eine Stofffahne mit zwei großen chinesischen Schriftzeichen herunter. Hong Kwa öffnet Sabah die Tür und lächelt sie an. Sie schaut neugierig aus dem Wagen und folgt ihm zu dem Haus mit der massiven Holztür.

Drinnen ist es schummrig, es riecht nach Räucherstäbchen und Duftölen. Sie gehen durch kleine Räume, die durch Holzwände voneinander getrennt sind. Darauf Papierstreifen mit Zeichnungen von filigranen Landschaften, Buddhas. Es ist wie ein Labyrinth. Im hintersten Raum warten sie.

Eine alte Frau tritt ein, die gebückte Gestalt in einen Umhang aus schwarzer Seide mit goldenen Schriftzeichen gehüllt. Ihre Haut ist so faltig wie Papier, das zerknüllt und wieder ausgebreitet wurde. Wie alt sie wohl ist, fragt sich Sabah.

»Das ist Man-Ha. Sie ist ein Orakel«, sagt Hong Kwa.

Sabah schaut überrascht.

»Orakel sind sehr wichtig für uns. Seit Jahrtausenden wird aus Tierknochen und Stäbchen die Zukunft gelesen. China ist mehr als die Technologie, der Fortschritt, die Perfektion da draußen. Die Tradition lebt weiter«, flüstert Hong Kwa, während die Alte im Halbdunkel Räucherstäbchen anzündet. Dann blickt sie Sabah in die Augen.

»Wer bist du?«, fragt sie in gebrochenem Englisch.

Sabah hält nicht viel von solchem Hokuspokus. Halb belustigt, halb genervt schaut sie zu Hong Kwa.

»Nun gut. Ich heiße Sabah Hussein. Ich bin eine Politikerin aus Deutschland. Und ich möchte Regierungschefin werden.«

»Gib mir deine Hand, Kind. Und streck deine Zunge heraus.«

Die Alte betrachtet Sabahs rechte Hand, fährt über die Falten ihrer Innenseite, streicht über die Fingernägel. Dann begutachtet sie Sabahs Zunge und schließt ihr dann mit einer vorsichtigen, fast liebevollen Bewegung den Mund.

»Was ist deine größte Angst?«, fragt sie.

Sabah stutzt, die Frage hat ihr noch nie jemand gestellt.

»Ich habe vor nichts Angst.«

»Wer vor nichts Angst hat, wird durch die Gefahr überrascht, sagte Konfuzius.«

Sabah schaut Man-Ha ernst an.

»Du solltest Angst haben. Ich sehe Gefahr. Eine Schlange, die sich ihrer Beute nähert, nein, die die Beute fest umschlungen hält. Gift, ein altes Gift, das tödlicher wird, je länger es gärt. Nähe, die Halt gibt, mit der aber zugleich der eigene Körper das Verderben fest umklammert. Sei auf der Hut, Kind.«

»Ich weiß nicht, was das soll. Ich glaube, Sie wollen mir Angst machen.« Wobei, Angst ... Sabah überlegt. Ihr fällt nichts ein, was ihr Angst machen könnte. Klar, sie hat Sorgen, wie alle. Dass mit ihrer Mutter etwas sein könnte zum Beispiel. Aber Angst? Als Kind hatte sie Angst, ja! In dem Schlauchboot auf hoher See, als sie sah, welche Angst die Eltern hatten. Das Wasser schwappte ins Boot, und die Menschen versuchten panisch, es wieder rauszuschaufeln, mit bloßen Händen, mit Schuhen, mit allem, was sie hatten. Da waren fünf oder sechs Kinder, die etwa so alt waren wie Sabah. Sie schrien und weinten. Wie sollte sie heute vor etwas Angst haben, wo sie das überstanden hat? Nein, da war nichts.

Die Alte ergreift Sabahs linke Hand und betrachtet sie so, wie sie die rechte betrachtet hat.

»Du bist nicht nur das Opfer. Was hältst du unter Verschluss? Was liegt hinter deiner Fassade, welche Geheimnisse verbirgst du in deinem Herzen?«

»Fassade? Geheimnisse?«

»Jetzt geh, Kind, und sammle deine Kraft. Du wirst sie brauchen.« Man-Ha legt die Hände vor der Brust zusammen und entschwindet hinter einem Vorhang.

Hong Kwa geleitet Sabah hinaus.

7

Sabah lässt sich in einen der großen wuchtigen Sessel in der Hotellobby fallen. Was für ein irrer Tag. Sie greift zum Handy und ruft Jette an. Sie braucht dringend ein Update zu Taiwan und zum Fortgang ihrer Wahlkampagne zu Hause. Sie muss lange warten, bis Jette rangeht. Im Hintergrund hört Sabah Musik, Straßenlärm, Sprechchöre. »Wo bist du denn?«, fragt sie.

»Auf der Wir-sind-eins-Demo vor dem Neuen Museum«, schreit Jette, aber da wird sie übertönt von einer völlig übersteuerten Lautsprecherstimme. Lisa Haupt, die Vorsitzende der jungen ÖP, hält eine Ansprache.

»Es sind Tausende, Sabah! Sie demonstrieren für unsere Werte, und ich habe das Gefühl, hier beginnt etwas ganz Großes! Ja, wir können unsere Gesellschaft verändern! Die Welt schaut auf uns!«

Sabah hört lautes Klatschen, Jubeln und Grölen. Die Verbindung bricht immer wieder ab, es rauscht. Dann noch mal Jette: »Sabah, ich muss, sei mir nicht böse. Bis später!«

Ein buntes Fahnenmeer erstreckt sich vor Lisa Haupt. Viele der Demonstrierenden sind sehr gerührt. »Wir können den Kapitalismus überwinden. Und wir können den Rassismus, die fürchterlichen Folgen des Kolonialismus, die Binarität der Geschlechter, unsere historische Schuld an der Welt und die Islamophobie wiedergutmachen. Ja, es gibt noch viel zu tun! Aber gemeinsam schaffen wir das!«

Wieder Jubel, Klatschen, Schreie. »Als Erstes feiern wir hier und jetzt das Ende dieses Museums vor uns, dieses Museums, wie wir es bisher kennen. Das Neue Museum steht für die Ausbeutung der Menschen im globalen Süden, es steht für Rassismus und Kapitalismus. Hier werden geraubte Kunstschätze aus aller Welt gezeigt. Dieses Museum kann weg. ›Mister Gorbatschow, tear down this wall‹, sagte ein US-Präsident nicht weit von hier vor vielen Jahren. Und *tear down this museum*, sage ich euch heute!«

Die Menge schreit und klatscht. Lisa Haupt reckt die Arme in die Luft und winkt den Menschen zu. »Ab sofort entsteht hier – mitten in Berlin – das neue Antidiskriminierungsmuseum. Einige von euch erinnern sich vielleicht: Schon vor ein paar Jahren gab es eine Petition von linken Bündnissen und Migrant:innenorganisationen, die erreichen wollten, dass das Museum in Antirassismusmuseum umbenannt wird. Im Zentrum der Ausstellungen sollte ein neuer Fokus stehen, nämlich die Beschäftigung mit Rassismus, Kolonialismus und anderen Ausgrenzungstendenzen.« Die Menschen jubeln.

In der Hotellobby starrt Sabah auf den Bildschirm an der Wand vor sich: Der Staatssender *CCTV* zeigt den Start der neuesten Rakete, in der Reisende zu Chinas Raumstation gebracht werden, dann einen Triumphzug der Volksbefreiungsarmee in Taipeh. Es folgen Nachrichten aus Europa: China hat seine Investitionen in Europa um zweiundzwanzig Prozent gesteigert, und achtundfünfzig Millionen Menschen arbeiten gemäß neuesten Zahlen in Unternehmen, die der Volksrepublik gehören. Eine Erdkugel dreht sich, darüber die chinesische Flagge. Jubelnde chinesische Kinder. Von der Demonstration und der Schließung des Museums in Berlin wird nicht berichtet, was Sabah nicht erstaunt.

Sie greift noch einmal zum Handy und wählt eine Nummer. »As-salamu aleikum«, sagt eine Stimme. »Wa aleikum as-salam, ich würde gerne mit Muhammad sprechen.« Der Mann am anderen Ende verbindet Sabah. »Endlich! Ich habe den ganzen Tag versucht, dich zu erreichen! Wieso bist du nicht rangegangen? Wo warst du?«

Sie dreht sich zum Fenster und hält das Handy ganz nah an ihr Gesicht, an ihre Lippen, als hätte sie Sorge, es könnte jemand hören, was sie sagt. Nach dem Gespräch lehnt sie sich erschöpft zurück und guckt ins Leere. Am anderen Ende des Raumes sitzen ein paar der mitgereisten Journalisten. Sie trinken Bier, stopfen Nüsschen in sich hinein und werfen Sabah erwartungsvolle Blicke zu. Sie erkennt Jonas Klagenfurt. Sie weiß nicht, warum, aber sie kann ihn nicht leiden. Es ist nur ein Gefühl.

Klagenfurt lässt diese Geschichte mit den versteckten Hinweisen keine Ruhe. Er hört die Kollegen fachsimpeln, wie sie angeben mit ihren Storys und den Klickraten, mit den weiten abenteuerlichen Reisen, aber es kommt ihm vor wie belangloses Gelaber, Worthülsen von abgelöschten und übermüdeten Vertretern einer sich im Aussterben befindenden Gilde, die so tun, als ob nichts wäre. Er trinkt einen Schluck Bier, und das tut gut, auch wenn das Getränk ziemlich abgestanden schmeckt.

Am Tag seiner Abreise nach China bekam Klagenfurt zum zweiten Mal anonyme Post. Wieder waren Kopien darin, Farbkopien eines mehrseitigen Schreibens. Als Erstes fiel der blassgrüne Bundesadler im Hintergrund auf dem Papier auf. Oben links stand »Bundesamt für Justiz«, in der Mitte in fetten Lettern »Führungszeugnis« und darunter die Angaben zur Person. Klagenfurt steckte den Umschlag in die Reisetasche und eilte zum Flughafen. Er würde sich alles im Hotel in Peking ansehen. Jetzt konnte er ohnehin nichts weiter unternehmen.

Im Flieger, Klagenfurt hatte sich gerade einen Bourbon bestellt, wurde er vom Kollegen auf dem Nebensitz auf den Brief angesprochen. »Sag mal, Jonas, hast du auch wieder eine anonyme Zuschrift erhalten?« Egon Ganser wedelte mit dem mehrseitigen Dokument, das auch Klagenfurt in der Post gehabt hatte. Klagenfurt überlegte, ob er Gansers Frage bejahen oder verneinen sollte. Er musste die Story als Erster bringen! Aber vielleicht konnte er im Gespräch mit Ganser ein paar aufschlussreiche Details erfahren.

»Ja, habe ich. Glaubst du, da ist was dran?«

»Keine Ahnung. Ich stehe offen gestanden auf der Leitung. Ich hatte gehofft, du weißt, was das soll.«

»Na ja«, sagte Klagenfurt, »jemand will, dass wir darüber berichten. Ziemlich ersichtlich, findest du nicht?«

»Aber ist das relevant?«

»Zeig mal her«, sagte Klagenfurt.

Der Kollege gab ihm das Blatt mit dem Bundesadler.

Führungszeugnis

Name: Hussein
Vorname: Hamza
Geburtsort: Tyros, Libanon
Inhalt: Begangene Delikte
Gefährliche Körperverletzungen (Bandenüberfall)
Gefährlicher Eingriff in den Straßenverkehr
(illegales Autorennen)

Hussein! Schon wieder. Aber nicht Fadi diesmal, sondern Hamza. Jetzt lag es irgendwie auf der Hand, dass es sich bei Fadi und Hamza Hussein um Verwandte der Kanzlerkandidatin handeln musste, sie war jedenfalls die bekannteste Hussein weit und breit. Vielleicht sogar um Brüder, wer weiß. Die Jungs auf dem einen Foto! Immerhin wurde dieser Hamza im Libanon geboren, wie Sabah. Aber es war auch möglich, dass kein Zusammenhang bestand, dass alles fingiert war, eine komplette Ente. Klagenfurt gab Ganser das Papier zurück.

»Relevant?« Er nahm die Frage wieder auf. »Ja und nein. Man kann Sabah Hussein keinesfalls zur Verantwortung ziehen für die Taten eines Verwandten. Andererseits stellt sie sich immer als gelungenes Integrationswunder ohne jeden Makel dar. Das ist ja auch nicht immer korrekt, oder?«

»Trotzdem schwierig«, sagte Ganser. »Mir ist das zu wenig. Das kann man nicht als Aufhänger nehmen. Da machen wir uns doch extrem angreifbar.«

»Stimmt«, sagte Klagenfurt und dachte: Aber die Hinweise auf eine interessante Story verdichten sich, lieber Herr Kollege. Ich muss recherchieren, woher das Zeug kommt und wer dieser Hamza ist. Und wer Fadi. Zurück in Deutschland gehe ich der Sache auf den Grund.

Jette beobachtet die Menschen und das Fahnenmeer. Ihr Blick wirkt streng, sie hat die Arme verschränkt. Von der Seite kommt Lisa Haupt zu ihr. Die Soziologiestudentin ist noch sehr aufgekratzt nach ihrer flammenden Rede, sie hat ganz rote Wangen, was nicht nur an der kühlen Luft an diesem Tag liegen mag. Lisa und Jette kennen sich flüchtig, von Parteiveranstaltungen, auf denen Jette immer an Sabahs Seite steht und Termine, Interviews und Gespräche für den ÖP-Star organisiert. Ach, Sabah, denkt Lisa Haupt, und malt sich aus, wie es wohl sein wird, wenn sie und die ÖP die Regierung übernehmen. Dann hat das Gute endlich gesiegt.

»Was für eine herrliche Veranstaltung, es ist so großartig,

wie wir dieses Land umbauen«, sagt Lisa und hält Jette die Hand hin. »Hallo, wir kennen uns!«

Aber Jette erwidert den Gruß nicht, lässt die Arme stoisch verschränkt. »Ja, ja«, murmelt sie.

»Ich bin seit Wochen ganz aufgeregt. Ich kann es kaum erwarten, dass Sabah gewinnt. Ich drücke Ihnen ganz fest die Daumen«, sprudelt es aus Lisa heraus. »Wollen Sie nicht eben ins Museum mitkommen? Die Antikolonialismuskommission will die Exponate auswählen, die bleiben dürfen.«

Jette, die eben an Lisa vorbeigeschaut hat, wendet ihr jetzt den Blick zu. Sie sieht anders aus als sonst. Kalt. Distanziert. Unfreundlich.

»Sic transit gloria mundi«, sagt Jette schließlich. Sie geht an der begeisterten Jungpolitikerin vorbei und verschwindet in der Menge.

8

Es ist Abend geworden im Reich der Mitte, und Sabah sitzt noch immer da. Sie hat die Zeit genutzt, um E-Mails zu beantworten und die Agenda der kommenden Tage zu studieren. Jetzt schaut sie sich auf dem Handy Fotos von ihren Eltern an. Ihr Vater ist vor drei Jahren an einem Herzinfarkt gestorben. Sie hatte sich Sorgen um ihn gemacht, weil er nicht auf sich achtete. Er rauchte, aß zu viel und bewegte sich zu wenig. Sie hat es ihm immer wieder gesagt. Aber er hat es nicht verstehen wollen. Er war ein einfacher Mann, der den Glauben ernst nahm, aber nicht eine ausgewogene Ernährung und Gesundheitstipps. Ach, der gute Vater.

Sabah schaut aufs Handy. Mist, schon 19:50 Uhr. Sie wollte sich doch noch umziehen, das schulterfreie Kleid mit den chinesischen Schriftzeichen überstreifen. Jetzt muss sie im Hosenanzug zum Abendtermin. Um 20 Uhr sitzt sie im Wagen nach Xu Yuso. Man hat die deutsche Delegation zu einem bunten Abend ins »chinesische Neuschwanstein« eingeladen. Die Wagen fahren im Dunkeln durch dichten Nadelwald, eine weite, geschwungene Straße führt die Anhöhe hinauf, hin und wieder von schmiedeeisernen Laternen gesäumt. Hinter einer Kurve kommt es zum Vorschein, eine originalgetreue Nachbildung des bayerischen Schlosses. Eindrücklich beleuchtet und so märchenhaft wie das Original.

Fackeln erhellen die Auffahrt und die Eingangstreppe. Vor dem mächtigen Tor steht ein groß gewachsener weißer

Mann im eng geschnittenen Anzug. Er hat ein kantiges Gesicht, dessen Konturen im Licht der Fackeln stark hervortreten.

Sabah geht auf ihn zu, sie bemerkt seine lila Fliege mit pinken Punkten. Professor Sebastian Mörtel streckt ihr die Hand zum Gruß entgegen. Er leitet den sogenannten »German Park«, eine Freifläche von über hundertfünfzig Quadratkilometern, auf der verkitschte Nachbildungen von bedeutenden deutschen Bauwerken ausgestellt werden.

»Sabah Hussein, freut mich sehr«, sagt Sabah.

»Ich weiß«, sagt der Mann mit der lila Fliege trocken, »willkommen.«

Bis vor acht Jahren war Mörtel Professor für Kunstgeschichte an der Universität Köln. Sabah und die Mitglieder der deutschen Delegation begegnen ihm skeptisch, wie jemandem, der mit dem Gegner unter einer Decke steckt. Immerhin ist Mörtel auch dafür zuständig, Kunst und Antiquitäten aus Deutschland aufzukaufen und nach China zu bringen. Ein Exemplar des *Sachsenspiegels* kann inzwischen hier bewundert werden, ebenso wie das Gemälde *Goethe in der Campagna*, das zuvor im Frankfurter Städel hing. Aber vor allem befindet sich auch die weltberühmte Nofretete seit kurzem in Peking. Mörtels Coup.

Mörtel geleitet die Besucher in den Empfangsbereich. Er begrüßt im Namen der Kommunistischen Partei und lobt Chinas Verständnis und Begeisterung für abendländische Kunst. »So wie damals Ostrom das Erbe der Antike erhalten sollte, so wird jetzt China das Erbe Europas erhalten«, sagt er und erzählt dann, wie die Büste der altägyptischen Königin von Berlin nach China gekommen ist. »Das ist eine verrückte Geschichte. Die bezaubernde Nofretete hat einen komplizierten Umweg über ihre ursprüngliche Heimat genommen, aber glauben Sie mir, hier geht es ihr besser!« Er lacht laut auf.

Sabah fühlt sich fehl am Platz. Alles hier widerstrebt ihr, dieser Mörtel und seine devote Haltung gegenüber der chinesischen Weltanschauung.

»Nachdem Deutschland die Büste an den ägyptischen Staat übergeben und eine Wiedergutmachung in Höhe von fast hundert Millionen Euro gezahlt hatte, wurde sie nach Kairo gebracht. Die dortigen Kuratoren haben jahrelang heftig darüber gestritten, wo sie dem Publikum präsentiert werden soll.« Mörtel macht eine ausladende Geste mit den Armen und verneigt sich vor den deutschen Besuchern. Dann wirft er den Kopf in den Nacken, lacht und sagt: »Na ja, und jetzt ist sie hier! Ist das nicht prima?«

Sabah erinnert sich an die Meldung. Alle Zeitungen haben berichtet, offizielle Angaben zu einem Verkauf wurden nie gemacht. Es wurde immer wieder spekuliert, dass der regierende, uralte ägyptische Diktator Abdel Fatah al-Sisi sich an der Veräußerung bereichert hat. Chinesische Sammler zahlten Millionenbeträge, ohne mit der Wimper zu zucken. Und China hat sein Kulturministerium um eine eigene »Abteilung für Kulturimporte« erweitert. Dieser Mörtel, denkt Sabah verärgert, muss über ein Multimillionenbudget verfügen.

»Mit Verlaub, Herr Professor Mörtel, warum verkaufen Sie sich an die Chinesen? Haben Sie denn kein Gewissen?«, fragt einer der deutschen Wirtschaftsvertreter.

»Schauen Sie, ich sehe das so«, antwortet Professor Mörtel ruhig, »die beiden großen Reiche der europäischen Antike, das griechische und das römische, brachten einst unglaublich wichtige Gelehrte hervor. Homer, Cicero, Seneca! Sie schufen Werke von ewiger Größe. Denken Sie an die Episteln von Horaz und Ovid oder an Ciceros *De re publica*, ein Standardwerk, in dem der Autor bereits vor mehr als zweitausend Jahren über die Prinzipien für den perfekten Staat nachdachte. Aber wie ich schon sagte, als Westrom drohte, in Dekadenz unterzugehen, und Europa unaufhaltsam auf das düstere Mittelalter zusteuerte, war es Ostrom – Konstantinopel –, das die Schönheit und die Weisheit der Antike übernahm.«

Mörtel lächelte. »Und, sehen Sie, die Geschichte wiederholt sich. Die Chinesen sind besessen von klassischer Musik, von Schlössern und Kultur. Sie wollen das alles nicht antasten oder zerstören. Sie konservieren es, bewundern es. Hier hören die Menschen andächtig Mozart und Brahms. Die Jugend in Berlin? Dekadenz, wohin man schaut. Selbstaufgabe und Verfall. In zweihundert Jahren wird das kulturelle Vermächtnis des Westens hier lebendig sein, wenn in Europa alles vergangen ist. Und vielleicht kehrt es eines fernen Tages wieder zurück in die Alte Welt. Wenn das Chaos der Gegenwart überwunden ist und sich wieder Ordnung einstellt. Davon bin ich überzeugt.«

Er macht eine Pause, zieht die Augenbrauen hoch. »Und dafür bin ich den Chinesen unendlich dankbar.« Wieder verneigt sich Mörtel, wieder lacht er.

Die Delegierten machen lange Gesichter und sehen sich ratlos an, als plötzlich ein Gong erschallt. Die angekündigte Vorführung beginnt in fünf Minuten. Man setzt sich in Bewegung. Nur Sabah bleibt noch einen Moment stehen und schaut Mörtel hinterher.

Der Sängersaal im vierten Obergeschoss ist der größte Raum Neuschwansteins. Er soll Ludwigs II. Lieblingssaal gewesen sein. Das warme Licht der Kronleuchter lässt die Farbenpracht des Saals erstrahlen. Auf der einen Seite ist ein

Motiv aus der Legende um den Heiligen Gral dargestellt. Es zeigt Parzival im Kampf mit dem Roten Ritter, einem in Ungnade gefallenen Mitglied der Tafelrunde. Indem Parzival den Roten Ritter tötet und dessen Identität annimmt, schafft er es, selbst zu einem respektierten Ritter zu werden. »Die Chinesen lieben diese Geschichte«, erklärt Mörtel, Parzivals Vorgehen entspreche ihrer Taktik, den Westen zu übertrumpfen, um dessen Macht und Wohlstand zu erlangen.

Sabah nimmt in der ersten Reihe des Sängersaals Platz, stellt die Chanel-Handtasche auf den Boden und schlägt die Beine elegant übereinander. Sie versucht sich nicht anmerken zu lassen, wie genervt sie ist. Termine wie dieser sind ihr ein Graus. Was für eine Zeitverschwendung. Was sie alles erledigen könnte! Endlich wird es dunkel im Saal.

Ein sechzehnjähriges Mädchen tritt ins Scheinwerferlicht. Es wird still, alle blicken voller Erwartung auf die schmale Chinesin. Min Nyuan hält den Kopf gesenkt, führt die Geige an den Hals. Im Halbdunkel hinter ihr steht eine Sopranistin, und daneben sitzt ein junger Chinese am Flügel. Er spielt die ersten Takte von Schuberts *Ave Maria*. Min Nyuan setzt den Bogen an, und die Sopranistin beginnt das Lied.

Ave Maria! Jungfrau mild,
Erhöre einer Jungfrau Flehen,
Aus diesem Felsen starr und wild
Soll mein Gebet zu dir hinwehen.
Wir schlafen sicher bis zum Morgen,
Ob Menschen noch so grausam sind.
O Jungfrau, sieh der Jungfrau Sorgen,
O Mutter, hör ein bittend Kind!
Ave Maria!

Es dauert einen Augenblick, bis die Zuhörer mit dem Klatschen beginnen, zunächst zögerlich, um die bezaubernde Vorführung nicht zu schnell zu übertönen. Dann frenetisch. Auch Sabah klatscht, nicht ganz so begeistert, weil sie das Lied nicht so rührt wie viele der anderen. Ihr fehlt der Bezug. Die Jungfrau Maria, die Gottesmutter. Sabah weiß, nur Allah ist göttlich, sonst niemand.

Die Kanzlerin hingegen ist vollkommen hingerissen. Sie steht auf und geht auf die junge Chinesin zu.

»Ich bewundere Deutschland sehr. Die Dichter und Denker«, sagt Min Nyuan. Sie spricht hervorragend Deutsch.

»Die Dichter:innen und Denker:innen«, korrigiert die Kanzlerin mit einem milden Lächeln.

»Die Burgen, die Kultur. Ich liebe das alles!«

»Deutschland ist noch viel mehr als das«, sagt die Kanzlerin. »Bei uns sind alle Menschen frei. Sie können sich selbst verwirklichen, ohne jeden Zwang.«

»Was meinen Sie damit?«, fragt Min Nyuan.

»Du kannst deine Meinung sagen. Du kannst dich kleiden, wie du willst. Du kannst dein Geschlecht frei wählen! Und wenn du dich weder als Mädchen noch als Junge fühlst, dann ist das kein Problem. In Deutschland gibt es drei Geschlechter.«

Min Nyuan schaut sie mit großen Augen an und wiederholt, was sie gerade gehört hat. »In Deutschland gibt es drei Geschlechter?«

»Ja, wir denken als Individuen, nicht als Kollektiv. Wir glauben, es kommt darauf an, dass alle sich frei entfalten können. Und anders als hier in China spielt die Religion bei uns wieder eine größere Rolle. Das Christentum ist nicht mehr so wichtig, aber der Islam umso mehr.«

»Muslime?«, flüstert Min Nyuan und schaut verängstigt.

In China wurden die letzten Muslime vor drei Jahren in ein Lager deportiert. Man hat sie nie wieder gesehen. Aber sie waren laut Staatsführung auch verantwortlich für die gefährliche Destabilisierung des Landes.

»Ja, Muslim:innen. Darf ich dir noch eine letzte Frage stellen?«, sagt die Kanzlerin bewegt. »Was hast du von dem Einmarsch in Taiwan mitbekommen?«

Min Nyuan sagt nichts. Sie schaut irritiert zu dem freundlich lächelnden älteren Chinesen neben der Kanzlerin. Jetzt lächelt auch Min Nyuan, dann legt sie die Handflächen vor der Brust zusammen, nickt der Kanzlerin zu und geht zurück zur Bühne. Sie greift zur Geige und verneigt sich.

Sie gibt eine Zugabe und spielt, wie kaum jemand anderes zu spielen vermag.

9

Heute würde es drauf ankommen. Heute müsste die deutsche Delegation mit der Bundeskanzlerin und Sabah Hussein den Chinesen die Stirn bieten. Im Diaoyutai, dem Staatsgästehaus der chinesischen Regierung in Peking, würde man über die Übernahme sprechen. Oder besser: verhandeln.

Der hochbetagte Präsident Xi Jinping wartet, auf einen Stock gestützt, auf die deutsche Kanzlerin. Seit Jahrzehnten führt er das kommunistische Regime. Das Volk bewundert, verehrt und fürchtet ihn. Er ist der Erschaffer des neuen China, der unumstrittenen Weltmacht, die allen anderen Ländern überlegen ist. Zwei Jahre zuvor hielt er eine Rede, die er als Vermächtnis an sein Land angekündigt hatte. Er rief das »Chinesische Jahrtausend« aus, das Jahrtausend, in dem es das Reich der Mitte zur vorzüglichsten Nation aller Zeiten schaffen werde. Eine Nation, in der Technologie und Weisheit sich ergänzen und zu höchster Harmonie führen würden. »Und am Ende steht die Herrschaft des Kommunismus«, beendete Xi die Rede unter dem Klang von Fanfarenstößen.

Es gehört zu den skurrilen ideologischen Verrenkungen dieses Regimes, dachte Sabah, als sie Xi da so stehen sah, dass es einen Turbokapitalismus betreibt mit der Rechtfertigung, es handele sich bloß um eine Durchgangsphase auf dem Weg zum Kommunismus. Die Phase dauert schon Jahrzehnte.

Xi Jinping steht gebückt, das Lächeln ins Gesicht gemeißelt, das schüttere weiße Haar ordentlich zurückgekämmt, am Eingang des Diaoyutai. Er reicht der Kanzlerin die Hand und bittet sie hinein. Die Fotografen machen Aufnahmen von den Chinesen und den Deutschen, wie sie sich an einem langen Tisch gegenübersitzen. Dahinter die Flaggen beider Länder.

In der Halle vor der Saaltür sitzen die Reporter und YouTuber, Blogger, Botschaftsmitarbeiter und Referenten und warten. Ein Sinologe gibt mit seinem Wissen an. »In diesem Palast hat schon die Kaiserinwitwe Cixi Ende des neunzehnten Jahrhunderts ihre Gäste empfangen. Das chinesische Reich befand sich im Niedergang, und Cixi hatte maßgeblichen Anteil daran. Sie war mehr oder weniger durch Zufall an die Macht gekommen. Eigentlich war sie nur eine Nebenfrau des Kaisers, aber weil sie ihm den einzigen überlebenden Sohn des Harems geboren hatte, stieg sie auf und schaffte es mit Geschick und List bis ganz oben. Aber politisch hat sie dem Land geschadet. Sie hat innere Spannungen unterschätzt, die Erneuerung des Staates verschlafen. Der Rest ist, wie wir wissen, Geschichte. Das Kaiserreich ging unter, und die Kommunisten übernahmen China. Denn –«

»Das ist mal wieder typisch!«, unterbricht ihn eine junge Bloggerin. »Ein Mann spricht über eine wichtige Frau und macht sie klein. Eine Nebenfrau, die an die Macht kam, weil sie als Gebärmaschine einen Jungen zur Welt brachte – wie frauenverachtend. Und dann zu behaupten, politisch habe sie dem Land geschadet. Würde man das bei einem Mann auch sagen?«

Der Sinologe schweigt betreten. Einige verdrehen die Augen. Da werden die Türen zum Konferenzraum geöffnet, und die Kanzlerin und Präsident Xi Jinping treten heraus. Die deutsche Regierungschefin ist blass, noch blasser als sonst. Sie schaut zu Boden, während sie in die Halle tritt, knetet die Hände. Allen ist klar: Die Chinesen haben die Muskeln spielen lassen. Xi und die Kanzlerin setzen sich in der Halle schräg gegenüber auf die bereitgestellten Sitze.

Xi ergreift das Wort, die Dolmetscher übersetzen: »Deutschland hat weise Politiker hervorgebracht. Das chinesische Volk setzt großes Vertrauen darauf, dass diese Weisheit erhalten bleibt. Und so wollen wir unsere guten Verbindungen vertiefen.«

»Ich möchte an dieser Stelle, wenn Sie gestatten«, sagt die Bundeskanzlerin schnell, »ein paar Punkte anfügen. Und über die brutale Invasion in Taiwan sowie über die Lage der Muslime in Ihrem Land sprechen.«

»Das sind interne Angelegenheiten.«

»Aber –«

»Nein. Wir reden jetzt über den geplanten Deal.«

»Wir … Wir haben Bedenken. Das wissen Sie.«

»Wir nicht. Das chinesische Volk lebt seit vielen Jahren in Frieden und Harmonie. Unser Weg ist der Weg der Mitte und der Ruhe. Es gibt keinen Anlass, sich Sorgen zu machen.«

Noch während er diese letzten Worte spricht, erhebt sich Präsident Xi mühsam und setzt sich, auf einen Stock gestützt, langsam in Bewegung. Auch die Delegation steht auf. Im Foyer bringen sich die Journalisten in Stellung, die Kanzlerin will ein kurzes Statement abgeben. Sichtlich angestrengt tritt sie vor die Kameras.

»Ich möchte über den Austausch mit Präsident Xi und der chinesischen Regierung informieren. Wir haben unsere Position deutlich gemacht. Die chinesische Seite hat angeboten zu prüfen, welche Zusicherungen sie machen kann, gerade was die Sicherheit der Daten angeht. Was die gewaltsame Invasion in Taiwan und die Situation der Menschenrechte, insbesondere der muslimischen Minderheit, angeht: Das haben wir deutlich angesprochen.«

Sabah steht direkt hinter der Kanzlerin. Sie hat erlebt, was die Kanzlerin gerade so diplomatisch verkauft. Politik ist gnadenlos, wenn man hinter verschlossenen Türen verhandelt. Xi Jinping hat während des Gesprächs gedroht, Deutschland und die EU in eine Währungskrise zu stürzen und deutsches Know-how nach China zu holen, indem er Firmen in Deutschland schließen und Tausende Menschen auf die Straße setzen lässt. Und das alles, weil er die Kontrolle über einen deutschen E-Mail-Anbieter haben will. Die Kanzlerin hat dagegengehalten und darauf hingewiesen, dass die EU und der europäische Gerichtshof immer noch die Macht haben, die meisten dieser Drohungen abzuwenden, und dass die EU – noch – eine der wichtigsten Exportregionen für China sei.

Sabah hat das Machtspiel über Stunden verfolgt. Als sie beobachtete, wie leicht und erfahren die Kanzlerin im richtigen Moment mit Zahlen argumentierte, dann wieder über Kultur sprach und ein chinesisches Sprichwort zitierte, um dann erneut die kühle Analystin zu geben, da fragte sie sich, vielleicht zum ersten Mal in ihrer Karriere: Kann ich das auch? Bisher ist sie immer davon ausgegangen, dass sie es kann. Aber in dieser Verhandlung wuchs in ihr die Angst, dass die Antwort Nein lauten würde. Jetzt hatte sie doch Angst, und dabei sagte sie doch dem Orakel gerade noch, dass sie keine Angst habe!

Sie drückt den Gedanken weg, er darf nicht sein. Wer an sich zweifelt, hat so gut wie verloren. Zweifeln bedeutet Schwäche. Schwäche bedeutet Gefahr. Gefahr zu scheitern. Und überhaupt, die Kanzlerin ist viel älter und schon viel länger an der Macht. Da lernt man, mit solchen Situationen, mit solchen Machthabern umzugehen. Eine Frage der Zeit und der Übung. Und der Vorbereitung durch Berater und Referenten. Die werden sie entsprechend gebrieft haben. Sie selbst muss sich von den richtigen Menschen zur richtigen Zeit Rat holen.

Wenn sie selbst erst Kanzlerin ist.

10

Die Chinareise geht Sabah nicht aus dem Sinn. Sie steht in der Sonnenallee in Berlin-Neukölln und schaut auf den regennassen Boden. Der kühle Wind streicht ihr über das Gesicht. Was sie in China gesehen hat, denkt sie, ist gefährlich. Dieses Riesenland meldet einen schockierenden Machtanspruch an und ist ganz offensichtlich bereit, ihn mit allen Mitteln durchzusetzen.

Vor allem aber hat sie seit dieser Reise das sehr unangenehme Gefühl, dass ihre moralische Überlegenheit bedroht ist. Bis jetzt hat die Gewissheit dieser Überlegenheit Sabah wie einen unsichtbaren Schutzschirm umgeben, Sabahs Aufstieg und Auftreten beruhen doch auf der Erkenntnis, dass die westliche weiße Welt schon zu lange an der Spitze einer Hierarchie steht und deswegen zur Verantwortung gezogen werden muss. Ja, dass sie Macht abgeben muss, an Menschen wie sie, Sabah Hussein. Fällt dieser Anspruch weg, welchen hätte sie dann noch?

Jeder Widerspruch gegen diesen gesellschaftlichen Anspruch ist unmoralisch, reaktionär, ungerecht und rechts. So steht es heute im Grundgesetz. So wird es an Schulen und Universitäten gelehrt. Doch ist das noch die Realität?

In Peking hat Sabah jedenfalls gesehen, dass die weißen, vorwiegend männlichen Politiker hierzulande nicht mehr die Überlegenen sind. Dass die alten Strukturen des Kolonialismus, des Rassismus und des Nationalismus längst von einer neuen chinesischen Spielart des Kolonialismus, des Rassismus und des Nationalismus abgelöst worden sind. Umso wichtiger, denkt sie, dass Medien, Politik und Wissenschaft hierzulande festhalten am Konstrukt der alten Machthierarchie.

Auf der gegenüberliegenden Seite der Sonnenallee hängen Wahlplakate. Ob hier oder woanders, Sabah ist allgegenwärtig in Deutschland. Sie lächelt von Plakatwänden in den Städten und in den Dörfern auf dem Land. In der Leipziger Straße in Berlin hängt ihr Konterfei an jedem Laternenpfahl. Sie trägt ein Rüschenhemd mit buntem Blumenmuster, die Haare zu einem Dutt gebunden, hat einen knallroten Mund.

»Ich glaube an eine Gesellschaft, die Chancen für jeden bietet.« In kurzen Internetvideos spricht sie über ihren Traum von einer gerechten Gesellschaft. Es gibt Homestorys, die sie beim Kochen zeigen. Sie steht in einer Baumwollschürze in der Küche und hält ein Tablett mit arabischen Vorspeisen in den Händen. Die Öffentlichkeit weiß, dass sie, wenn es geht, jeden Mittag und jeden Abend betet und dafür einen kleinen Gebetsteppich im Büro hat. Und auch die schwierigen Lebensumstände, die sie durchgemacht hat und aus denen sie ausgebrochen ist mit eigener Kraft, sind bekannt. Kaum ein Interview, Tweet oder Porträt, in dem das Thema nicht bespielt wird.

Sabah weiß, nur wenig kann ihren Erfolg noch verhindern. Unter jugendlichen Wählern ist ihre ÖP mit Abstand die populärste Partei genauso wie unter Menschen mit ausländischer Staatsbürgerschaft. Bundesweit ist sie inzwischen die größte Partei, gefolgt von der Linken und der ZfD. Die einstmals regierende Soziale Partei ist heute bedeutungslos, in mehreren Bundesländern ist sie an der Fünfprozenthürde gescheitert.

Ökologische Partei, das klingt nach Umweltschutz und grün. Das gefällt Sabah. Grün ist die Farbe des Islam. Das ist der Aspekt, der für sie persönlich im Vordergrund steht, dass die Partei sich auch als Organ der Migranten sieht. Sie gibt ihnen ein Toleranzversprechen, bezeugt, dass ihre Belange im Mittelpunkt stehen. Das wirkt: Unter muslimischen Wählern ist sie die meistgewählte Partei.

Sabah hat früh erkannt, welches Potenzial sich dahinter für sie verbirgt. Sicher, Gerhard Reuter gab ihr einen wichtigen Posten in seinem Ministerium, aber um nach ganz oben aufzusteigen, musste sie sich etwas einfallen lassen. Aktionen, die auffallen, die anecken, über die das Land diskutiert und die sie zu einer zentralen Parteifigur machen würden.

Die erste große Kampagne elektrisierte das Land. »Der Kampf für den Hijab ist der Kampf gegen Rassismus.« Und: »Sei solidarisch und trage Hijab!« Die Aktion mit den zwei großformatigen Plakaten wurde gefördert vom Ministerium für Gerechtigkeit. Auf dem ersten war Sabah zu sehen, mit einem lose um den Kopf drapierten Hijab, der aber noch den Blick auf ihre Haare zuließ, inmitten von vier Frauen mit schwarz-rot-goldenen Hijabs, die in die Kamera lächeln. Auf dem zweiten Plakat wieder Sabah, diesmal mit einer weißen blonden Frau, die dabei ist, sich einen Hijab umzubinden.

Das schlug ein. Heftige Reaktionen vonseiten der Konservativen, der Rechten. Aber selbst innerhalb der ÖP führte die Kampagne zu einem Richtungsstreit. Es gab unter den Frauen in der Partei einige Musliminnen, die den Hijab kritisch sahen, und solche, die Verbände und Islamgemeinden kritisierten. Sie alle fanden die Kampagne falsch.

Wortführerin dieser Gruppe war Asli Basoglu, eine Anwältin, die sich als progressive Muslima bezeichnete und als Imamin arbeitete. Sie war eine kleine rundliche Frau Mitte fünfzig, die grauen Haare band sie zu einem Pferdeschwanz zusammen, und die dicke pinkfarbene Brille war zu ihrem Markenzeichen geworden. Auf dem Podium nahm sie stets eine Körperhaltung ein, die Angriff und Abwehr zugleich war, den Oberkörper etwas nach vorne gebeugt, die Hände zu Fäusten geballt. Man merkte ihr an, dass sie sich oft durchgesetzt haben musste, gegen Widerstände und Widrigkeiten.

Asli Basoglu wurde in der Türkei geboren als einzige Tochter einer konservativen muslimischen Familie. Die Eltern wollten sie »schnell wegverheiraten«, wie sie es einmal formuliert hat. Mit siebzehn Jahren wurde sie als Zweitfrau mit einem dreißig Jahre älteren Mann zwangsverheiratet. Noch vor der Hochzeit forderte er sie auf, einen Hijab zu tragen, und nach der Hochzeit war er es, der ihre Kleidung bestimmte, Faltenröcke und lange weite Hemden. Als sie ihn fragte, ob sie studieren dürfe, lachte er. »Wozu denn? Deine Zukunft sind Heim und Kinder.« Sie bekam es mit der Angst zu tun. Nächtelang überlegte sie, wie sie dieser Zukunft entrinnen könnte. Sie würde ihren Mann, ihre Familie, ihr gesamtes bisheriges Leben hinter sich lassen müssen und weggehen. Doch wohin?

Sie würde es riskieren und sich an ihre Tante Fatima wenden müssen. Fatima lebte ein anderes Leben, sie hatte studiert, arbeitete als Anwältin und lebte ohne einen Mann in Deutschland. Und doch war Asli sich nicht sicher, ob Fatima nicht ihre Eltern informieren würde. Mit zittrigen Händen rief sie Fatima an. »Bitte, ich muss hier weg. Kann ich zu dir kommen?«

»Sag mir, wann du kommst, und ich werde da sein.« Zwei Tage später saß Asli im Flieger nach Berlin. Sie wurde Anwältin wie ihre Lebensretterin und setzt sich seitdem ein für Frauenrechte und gegen religiösen Fanatismus.

Als Sabah Hussein ihre Hijab-Kampagne lancierte, warf sich Asli Basoglu in den innerparteiischen Kampf. Was für ein Bild von muslimischen Frauen wurde mit diesen Plakaten gefestigt? Was war mit Muslimas, die sich nicht bedecken, die sich nicht in das tradierte Rollenverständnis einordnen wollen? Zu Basoglus Überraschung stand ihr die Mehrheit der deutschen Medien kritisch, ja ablehnend, gegenüber. Ihr wurde tatsächlich unterstellt, sie sei »rechts« und »islamophob«.

»Warum gehen Sie gegen Frau Husseins Hijab-Kampagne vor?«, fragte man sie.

»Der Hijab kann gerade junge Mädchen sexualisieren. Er muss nicht, aber er kann. Es geht darum, dass die Frauen ihre Reize verstecken vor den Männern. Was die Reize natürlich interessanter macht, nicht wahr? Außerdem wird Druck ausgeübt auf Mädchen, die keinen Hijab tragen.«

»Ist das nicht etwas einseitig? Viele junge Mädchen tragen ihren Hijab mit Stolz.«

»Der Westen sollte die fortschrittlichen Muslim:innen unterstützen. Stattdessen geben wir den Konservativen nach und halten uns dabei für tolerant. Schauen Sie sich die islamische Welt an. Sie ist doch gefangen in einer Abwärtsspirale aus Gewalt, Überbevölkerung, politischen Krisen. Der konservative, politische Islam ist die Ursache. Europa trägt die Verantwortung, einen anderen Islam zu fordern und zu fördern!«

Heute wäre es schwierig, ein solches Interview im *Globus* zu bringen. Alle Texte zum Islam werden inzwischen vor der Veröffentlichung zur internen Kontrolle zwei Expertinnen vorgelegt. Eine von ihnen ist Hatice Güler. Sie spricht sich dagegen aus, Personen wie Basoglu überhaupt noch eine Plattform zu bieten.

Nach Sabahs Kampagne stand die ÖP an einem Scheideweg. Wer würde parteiintern die Macht übernehmen? Die Muslime um Asli Basoglu, die der Religion weniger Spielraum einräumen wollen, oder die um Sabah Hussein, die sich modern geben, aber streng religiös sind? Die Kanzlerkandidatin legte es darauf an. Sie musste die Partei hinter sich vereinen und die Rivalen aus dem Rennen drängen. Sie forderte eine Hijab-Quote von fünfzehn Prozent für alle Spitzenämter in der Partei. Und dass der Listenplatz drei bei Wahlen immer für eine Frau mit Hijab reserviert würde. Es war eine provokante Ansage, und die Medien reagierten prompt.

»Warum kämpfen Sie für den Hijab?«

»Weil das zum Kampf gegen Rassismus zwingend dazugehört. Ich kenne so viele starke Frauen, die sehr selbstbewusst mit ihrem Glauben umgehen, aber von anderen Musliminnen wie Asli Basoglu ausgegrenzt werden. Denken Sie beispielsweise an Khadija Hatoum, die erste deutsche Richterin mit Hijab. Sie überzeugt durch ihre Klugheit, ihre Urteile, ihren Sachverstand. Und doch wird sie von Teilen unserer Gesellschaft – auch von sogenannten liberalen Muslim:innen – immer wieder auf ihren Hijab reduziert. Hier wird fremd gemacht. Hier wird ausgegrenzt. Mit dem vermeintlichen Argument der Freiheit. Deshalb sage ich klipp und klar: Wir müssen Frauen mit Hijab empowern.«

»Aber warum braucht man eine Quote?«

»Eben weil wir um die krasse Benachteiligung von Frauen mit Hijab wissen und dringend handeln müssen.«

»Was halten Sie von der Aussage, Europa habe die Verantwortung, fortschrittliche Muslim:innen zu fördern, weil es für die Werte von Freiheit einstehen solle?«

»Das ist unglaublich paternalistisch und maßregelnd. So dürfen wir nicht denken.«

Kurz darauf machte auch Hatice Güler in ihrer Kolumne im *Globus* die Auseinandersetzung zum Thema.

»Wir haben eine Aufgabe. Wir müssen aufklären. Über die Gefahren, die heute auf uns lauern. Männer töten. Rechtsextremismus tötet. Kapitalismus beutet aus. Das sind drei Wahrheiten, drei Fakten, die niemand abstreiten kann. Deswegen müssen wir für Toleranz eintreten. Was ist denn das Problem, wenn Mädchen in der Klasse einen Hijab tragen? Das tötet nicht, wie Männer töten. Das tötet nicht wie Rechtsextremismus. Das beutet nicht aus wie Kapitalismus. Es zeigt einfach, wie verschlossen viele gegenüber Vielfalt sind. Und dass sie von anderen erwarten, ihren starren Vorstellungen zu entsprechen. Das ist unfrei. Das ist bevormundend.«

Asli Basoglu zog vor Gericht, klagte wegen Verletzung des Gleichheitsgebots – und unterlag. Öner Tamuk, der Richter am Berliner Verwaltungsgericht schloss sich der Argumentation von Sabah und ihrem Anwalt an. Die Maßnahme sei gerechtfertigt, um Benachteiligung abzubauen. Sabah triumphierte. Sie und ihr Flügel würden fortan maßgeblich die Politik der ÖP prägen. Asli Basoglu und viele ihrer Anhänger stiegen aus der Politik aus. Bei ihrer letzten Rede vor der Partei kündigte sie an, sie werde Deutschland verlassen aus Angst vor dem konservativen Islam, so wie sie als junge Frau die Türkei verlassen hatte. Seitdem lebt sie als Einsiedlerin in Norwegen.

Die Partei hat keinen Schaden genommen. In einigen Bezirken Berlins kann sie fest damit rechnen, die absolute Mehrheit zu erreichen. Etwa in Neukölln, wo Sabah einen Teil ihres Lebens verbracht hat, in einer kleinen unsanierten Hinterhauswohnung in der Sonnenallee. Und jetzt steht sie, umringt von einer Menschenmenge und Reportern, wieder in dieser Straße. Sie wirkt ruhig, besonnen, der Wind bläst ihr die Haare ins Gesicht. Ihre Mutter spricht bis heute kein Deutsch, kann weder schreiben noch lesen. Aber die Welt in und um die Sonnenallee ist eine, in der man auch ohne Deutsch auskommt.

Die Eltern haben sie manchmal mit ein paar Euro alleine runtergeschickt, um beim Imbiss Falafeln für die Familie zu holen. Später, in warmen Sommernächten, war sie mit ihren Freundinnen unterwegs, während aus den Restaurants arabische Musik tönte. Ihre Mutter mochte die Gegend, hier kam sie zurecht. Die Nachbarn stammten aus Syrien, Algerien, Ägypten, aus der Türkei. Wenn es nachts laut war, störte sich niemand daran. Die Türen standen immer offen, Jung und Alt lebte ganz selbstverständlich miteinander, war füreinander da.

Vor drei Jahren mietete Sabah eine kleine Wohnung in ihrer Straße im Grunewald für die Mutter. Sie wurde alt und konnte nicht mehr so gut für sich sorgen, einmal ließ sie aus Versehen eine Herdplatte an. Sabah sprach ein Machtwort und holte sie näher zu sich. Aber die Mutter vermisst das Leben in Neukölln.

Es ist Freitagmittag. Man hört den Ruf der Muezzine. Die Läden schließen, Männer mit grellen Westen sperren die Sonnenallee ab, damit sich die Menschen auf der Straße zum Gebet sammeln können. Männer und Frauen rollen ihre Teppiche aus, nach Geschlechtern getrennt durch den Mittelstreifen. Sie knien sich hin, alle in Richtung der Kaaba in Mekka. Bevor sie mit dem gemeinsamen Beten anfangen, ist es für einen Moment ganz still.

Nach dem Gebet geht es los mit dem Termin, zu dem Sabah gekommen ist. Presse und Personenschützer wuseln um sie herum und bringen sich in Position, Passanten bleiben interessiert stehen. Neben der Kanzlerkandidatin haben sich Sharif und Maheen aufgestellt. Sie tragen eine Uniform, die an die von Polizisten erinnert, aber auf ihren Westen steht nicht »Polizei«, sondern »B:V«. Jetzt kommt auch der Bezirksbürgermeister Recep Soyer hinzu und schüttelt ihnen die Hände, lächelt in die Kameras.

Der Termin mit Sabah, Sharif und Maheen markiert den Auftakt für ein bundesweit einzigartiges Pilotprojekt. Empirische Studien haben gezeigt, dass alleine das Wort »Polizei« oder der Anblick von Polizeiabzeichen bei Menschen mit Vielfaltsmerkmal Stressreaktionen auslösen kann. In der Folge hat man in Neukölln ein neues Konzept entwickelt und setzt statt auf die Polizei auf sogenannte Bürger:innen-Verantwortliche, kurz B:V. Unter dem Motto »Aus dem Bezirk für die Menschen im Bezirk« soll die Polizei nach und nach abgezogen und durch B:V ersetzt werden. Die B:V stammen aus Neukölln, sie sprechen fließend Deutsch, Türkisch und Arabisch. Sie haben eine Schulung mit der Polizei und einen Crashkurs in Jura hinter sich. Wie erwartet identifizieren sich die Bewohner stärker mit den B:V als mit der Polizei, schenken ihnen größeres Vertrauen.

»Wir haben ja schon hervorragende Erfahrungen damit gemacht, dass die Neuköllner Polizei unsere Bevölkerung repräsentiert, sie ist mehrheitlich muslimisch und hat einen türkischen oder arabischen Hintergrund«, sagt der Bezirksbürgermeister Soyer. »Denken Sie bitte einmal daran, wie die Clankriminalität zurückgegangen ist. Ein riesiger Erfolg! Jetzt ist es Zeit, den nächsten Schritt zu machen.«

Sabah klatscht. Soyer gibt das Mikrophon weiter an B:V Maheen. »Ich hatte immer Angst vor der Polizei. So wie eigentlich alle meine Freund:innen oder meine Familie. Wenn wir unterwegs waren, am Bahnhof oder Flughafen, da waren es immer wir, die herausgegriffen und kontrolliert wurden. Ich kann mich an die Blicke der Polizist:innen erinnern, die uns ansahen, als ob wir minderwertig und kriminell wären. Selbst als Kinder! Und die weißen Deutschen konnten einfach an uns vorbeigehen. Das hat mich so geprägt. Deshalb bin ich nicht nur stolz, sondern vor allem glücklich, dass ich als B:V in meinem Bezirk Verantwortung übernehmen kann. Ich weiß, dass ich vielen Kindern erspare, die Erfahrung zu machen, die ich machen musste. Dass sie keine Angst haben müssen. Dass ich ihnen ein Vorbild bin.«

Man merkt, wie aufgewühlt Maheen ist. Die letzten Worte verschluckt sie beinahe. »Danke«, sagt sie noch und gibt das Mikrophon zurück. Applaus. Sabah geht zu ihr, nimmt Maheen in die Arme. Die Fotografen machen tolle Aufnahmen von diesem Moment. Danach gibt Sabah zu verstehen, dass sie weiter muss, der Termin für sie beendet ist. Sie schüttelt manchen zum Abschied die Hand, bei anderen legt sie die rechte Hand auf ihre Brust, auf Höhe des Herzens, als Geste der Verabschiedung.

Ihr Handy klingelt. Es ist Marwan. Lange hat Sabah ihren Ehemann im Verborgenen gehalten. Er meidet das Licht der Öffentlichkeit. Er berät Firmen bei ihrer Expansion im Nahen Osten, insbesondere in der Golfregion. Hin und wieder begleitet er Sabah zu Veranstaltungen, aus Pflichtgefühl. Aber wenn sie zusammen über den roten Teppich gehen, merkt man ihm an, dass er sich unwohl fühlt. »Das weiß ich jetzt noch nicht, Marwan«, sagt Sabah etwas ungehalten ins Handy. »Ich melde mich, ja? Bis später!«

Als sie neben dem Dienstwagen steht, steigt der Fahrer aus, um ihr die Tür aufzuhalten. »Lassen Sie mal«, sagt Sabah, »ich gehe noch ein paar Meter zu Fuß. In etwa fünfzehn Minuten bin ich zurück.« Hinter ihr gehen die Personenschützer, immer wieder wird sie von Menschen erkannt. Einige machen Fotos mit ihren Handys.

Drei Straßen weiter bleibt sie stehen und blickt auf einen wuchtigen roten Klinkerbau. Es ist das ehemalige Ernst-Abbe-Gymnasium, ihre alte Schule. Damals war das Gebäude in einem jämmerlichen Zustand, überall bröckelte der Verputz, die Fenster waren schlecht isoliert, die Flure zugig. Vor zehn Jahren regte eine Elterninitiative an, die Schule umzubenennen, keiner wusste mehr, wer Ernst Abbe war, und die vielfältige Zusammensetzung der Schüler sollte besser wiedergegeben werden. Das Vorhaben wurde von der Politik unterstützt, bald übernahm ein privater türkischer Verein die Trägerschaft, und das Haus wurde umfassend renoviert. Heute kann sich die muslimisch geführte Präsident-Erdoğan-Schule vor Zulauf kaum retten.

Sabah ist neugierig. Sie steht vor dem Schulhof, als sie jemand überraschend von hinten anspricht.

»Wollen Sie reinkommen?« Es ist Recep Soyer. »Alle drei Wochen leite ich hier als Imam das Freitagsgebet. Gleich geht's los.«

»Gerne!«, sagt Sabah und folgt ihm.

Im Eingangsbereich hängen deutsche und türkische Flaggen, im Treppenhaus und in den Klassenzimmern Porträts von Recep Tayyip Erdoğan, dem hochbetagten türkischen Diktator. Zur Schuleröffnung, die extra so gelegt wurde, dass sie auf seinen Geburtstag fiel, sangen Lehrer und Schüler dem Präsidenten zu Ehren »Happy Birthday« und stellten das Video von der Darbietung ins Netz.

Offiziellen Angaben zufolge haben alle Schüler der Präsident-Erdoğan-Schule mindestens ein Vielfaltsmerkmal. Den Schülerinnen wird das Tragen eines Hijab empfohlen, und vor kurzem wurde die Geschlechtertrennung eingeführt.

Die Politik lobt das Konzept der Schule immer wieder als positives Beispiel für gelungene Teilhabepädagogik, die jungen Menschen zeigen großes Interesse am Freitagsgebet und an der Gemeindearbeit.

»Sie helfen in der Freizeit älteren Mitmenschen und gehen mit den Kleinen auf dem Sportplatz trainieren«, sagt Soyer zu Sabah, die in der Flügeltür zum Gebetsraum stehen bleibt. Gut hundert Schüler sitzen bereits auf dem Boden und warten auf den Imam. »Sie sind so engagiert, ich bin sehr stolz auf sie. Das gemeinsame Beten gibt ihnen Halt und Orientierung.«

»Wie schön, das freut mich!«, sagt Sabah und schaut auf die Uhr. »Ich fürchte, ich muss leider langsam los, Imam. Danke, dass ich Sie begleiten durfte.« Sie legt die Hand auf die Brust und nickt leicht mit dem Kopf zum Abschied. Der Imam tut es ihr gleich.

Sabah überquert die Straße. Als sie auf der anderen Seite der Sonnenallee ankommt, geht sie nicht zurück zum Dienstwagen, sondern in die entgegengesetzte Richtung.

11

Jonas Klagenfurt hat im Café an der Ecke für *AKUT online* einen knappen Text über die Vorstellung der B:V verfasst. »Multikultitruppe statt Ordnungshüter. Versinkt Neukölln jetzt im Sumpf des Verbrechens?« Er ist zufrieden mit dem Artikel und klappt den Laptop zu.

Nach dem Pressetermin hat er beobachtet, wie Sabah die Sonnenallee hinunterging, kurz überlegte er, ob er ihr folgen sollte. Aber er hatte etwas anderes vor. Weil er immer noch fast nichts wusste über Sabahs früheres Leben, wollte er sich in Neukölln umhören, wo er gerade da war. Vielleicht konnte er ja etwas in Erfahrung bringen.

Er macht sich auf zur al-Dunja-Moschee. Sie liegt in einem Hinterhof, eine große Halle, errichtet auf der freien Fläche hinter der zur Straße geschlossenen Häuserwand, ein schlichter Bau, der vielen Menschen Platz bietet. Aus einem Interview weiß Klagenfurt, dass Sabah schon als Mädchen regelmäßig zum Freitagsgebet in die Moschee ging.

Jahrelang stand die al-Dunja als inoffizieller Treffpunkt für radikale Prediger und Islamisten in den Schlagzeilen. Den letzten landesweiten Skandal provozierte Muhammad Abd al-Malik, der Imam der Moschee, als er mit auffällig großer Geste den muslimischen Akademiker Mustafa al-Islami in seinem Gotteshaus empfing, nachdem dieser negativ aufgefallen war. Angeblich hätte al-Islami in seiner Funktion als Gastlektor für Arabisch am Institut für Islamwissenschaften der FU Berlin versucht, Studierende zu konvertieren. Die Sekretärin des Instituts hatte ein deutsches Boulevardmedium darüber in Kenntnis gesetzt, dass es Probleme mit einem ägyptischen Mitarbeiter gebe, der sich nicht an den Arbeitsvertrag halte. Mehrere Studierende hatten sich an den Rektor gewendet und sich beschwert. Auf Nachfrage erklärte die Institutsleiterin, dass sie zu den Vorwürfen zwar nichts sagen könne, dass man die Zusammenarbeit mit al-Islami aber wegen dringender Einsparungsmaßnahmen nicht fortsetzen werde. Solche Schlagzeilen gehören heute der Vergangenheit an. Die Gemeinde achtet seit Jahren darauf, sich keine Fehltritte mehr zu erlauben, und Imam Muhammad Abd al-Malik gilt inzwischen als bekannter interreligiöser Vermittler.

Das Gebet ist gerade zu Ende gegangen, die meisten Gläubigen haben die Moschee verlassen. Am vorderen Ende des Gotteshauses, neben dem Minbar, macht Jonas Klagenfurt den Imam aus.

»Ja, Sabah kommt noch heute regelmäßig zum Freitagsgebet«, sagt Abd al-Malik. »Aber so kommen Sie doch.« Er führt Klagenfurt in sein Büro, gleich hinter dem Gebetsraum und deutet auf einen Sessel. »Bitte, setzen Sie sich. Einen Tee?« Abd al-Malik nimmt zwei kleine grünliche Gläser von einem Tablett auf dem Schreibtisch. »Zucker?«

»Unbedingt«, sagt Klagenfurt.

Der Imam stellt eins der Gläser unter den großen Samowar in der Bücherwand. Er kippt den Hahn, der Tee ist so schwarz wie Kaffee. Dann füllt er das zweite Glas und gibt es dem Reporter. »Achtung, heiß«, sagt er und lächelt gütig. Er setzt sich hinter seinen Schreibtisch. »Hier, bitte.« Er reicht Klagenfurt den Zucker. »Süß schmeckt er am besten. Wie das Leben.« Er schmunzelt vielsagend.

»Sabah Hussein bezeichnet sich als gläubige Muslima. Das ist kein Geheimnis. Warum ist das so wichtig für sie?«, fragt Klagenfurt.

»Das Gebet gibt ihr Kraft. Manchmal fragt sie mich, was der Koran zu einem gewissen Problem sagt. Ich denke, bei manchen Entscheidungen orientiert sie sich auch danach, wie der islamische Weg ist. Die Regeln des Islam stehen für Sabah nicht im Widerspruch zu den geltenden Gesetzen. Es sind Ergänzungen, moralische Pfeiler.« Der Imam lächelt Klagenfurt hinter seinem Bart freundlich an. »Aber ich kenne sie nicht so gut. Ich bin für alle Gemeindemitglieder Ansprechpartner und Vertrauensperson.«

Klagenfurt mustert das Büro. An den Wänden hängen gerahmte Koranverse und Fotos, die Abd al-Malik bei Treffen mit wichtigen Personen zeigen, die meisten von ihnen der Bekleidung nach zu schließen offenbar auch religiöse Würdenträger. Im Hintergrund vieler Bilder sind orientalisch anmutende Kulissen und üppige subtropische Gärten zu sehen.

»Ich habe gelesen, Sie hätten sich auch einmal politisch engagiert«, sagt er und spielt auf Abd al-Maliks Zeit in Tunesien an.

»Das stimmt, ich wollte mithelfen, meinem Heimatland Gutes zu tun.«

»Als Kandidat der al-Nahda? Das ist doch eine fundamentalistische Partei?«

In den Augen des Imams blitzt kurz so etwas wie Zorn auf, dann lächelt Abd al-Malik wieder freundlich. »Bitte entschuldigen Sie, wenn ich es deutlich formuliere, aber diese Art von Aussagen drücken das Unwissen desjenigen aus, der sie tätigt. Die al-Nahda ist so islamistisch wie die Christliche Partei in Deutschland fundamentalistisch ist. Sie versteht die

Religion als eine Quelle für den großen Rahmen, der die Gesellschaft zusammenhält. Und bevor Sie mir jetzt mit Frauenrechten, Religionsfreiheit und so weiter kommen, all das steht in meiner Heimat längst in der Verfassung, und meine Partei hat es unterstützt.«

Klagenfurt merkt, dass er einen wunden Punkt getroffen hat, auch wenn der Imam das nicht zeigen will.

»Im Übrigen lebten die Menschen ganz unterschiedlicher Herkunft in muslimischen Ländern längst friedlich miteinander, als in Europa noch Frauen als Hexen verurteilt und verbrannt wurden, Katholiken und Protestanten einander bekriegten und Frauen nicht wählen durften. Denken Sie bitte einmal darüber nach!«

»Mache ich gerne«, sagt Klagenfurt schnell. »Aber noch eine Frage. Ich bin in unserem Archiv auf etwas gestoßen, das mich stutzig gemacht hat. Es ist schon ein paar Jahre her, Frau Hussein war noch ein Schulmädchen, und Sie waren erst ein oder zwei Jahre Imam hier.«

Abd al-Malik nickt. »Ja, und?«

»Sie haben einen ziemlichen Pressewirbel verursacht, weil Sabah sich im Schwimmunterricht mit den Jungs im Badeanzug zeigen sollte. Als unislamisch, rassistisch und islamophob haben Sie das in einem offenen Brief bezeichnet, *AKUT* hat darüber berichtet. Also kennen Sie sich schon länger. Dann müssen Sie doch ein engeres Verhältnis zu ihr haben als zu anderen Gemeindemitgliedern.«

Abd al-Malik fixiert Klagenfurt mit seinem Blick. »Daran kann ich mich nicht erinnern«, sagt er ruhig, als es von draußen an die halb offen stehende Tür klopft.

Es ist Sabah. Sie erschrickt, als sie den Journalisten erkennt, den *AKUT*-Reporter, der sie in China schon so unangenehm beobachtet hat. Was ist da los? Schnüffelt er ihr nach?

So wie Muhammad sie anschaut, muss Klagenfurt in diesem Moment erkennen, dass es sich auf jeden Fall lohnt, noch weiterzuschnüffeln.

»Oh, Entschuldigung! Ich habe es nicht rechtzeitig zum Gebet geschafft wegen des Pressetermins. Weil ich in der Nähe war, wollte ich kurz vorbeischauen. Alles gut? Bis nächsten Freitag, Imam.«

Sie winkt zum Gruß und schließt die Tür. »Mist!«, flucht sie leise.

Klagenfurt und Abd al-Malik schauen sich einen Moment an. Dann steht der Imam auf. Klagenfurt deutet das als Aufforderung zum Gehen. »Hat mich gefreut, Herr –?«, sagt der Imam und reicht Klagenfurt die Hand.

»Klagenfurt. Mich auch. Sagen Sie, Imam, wer sonst kennt denn hier Sabah noch von früher? Man weiß so wenig über ihr Leben vor der Politik.«

»Mir fällt niemand ein. Wissen Sie, die Menschen kommen und gehen. Wir leben in einer unsteten Welt, gerade hier. Es ist kompliziert.«

»Da haben Sie recht. Also dann, auf bald.«

Als Klagenfurt durch den Gebetsraum geht, ruft Abd al-Malik ihm hinterher: »Fragen Sie Suleika. Die alte Kioskbesitzerin, Sabah mochte sie immer.«

12

Es ist ein ziemlich heruntergekommener Laden. Die Fenster sind schmutzig und mit vergilbten Werbeplakaten zugeklebt. Die Tür knarzt, eine schwache elektronische Klingel ertönt.

»Guten Tag«, sagt die alte Frau hinter dem Verkaufstresen »Wie kann ich helfen?«

»Suleika?«

»Ja. Warum?«

»Sie kennen doch Sabah Hussein. Von früher?«

»Sabah? Ja, natürlich.« Sie blickt ihn fragend an.

»Ach so. Sorry! Jonas Klagenfurt. Ich schreibe für die *AKUT*.«

Suleika schmunzelt. »Aha. Und jetzt wollen Sie mit mir über die berühmte Frau Hussein plaudern? Ich kann mich gut an sie erinnern, sie kam immer, um Zigaretten für ihre Eltern zu kaufen. Sie wohnten schräg gegenüber in dem Hinterhaus.«

»Wie war sie? Was erzählte sie?«

»Lassen Sie uns meinetwegen reden, ich mag Sabah. Immer noch. Aber ich möchte nicht, dass Sie mich zitieren oder meinen Namen nennen. Sie wissen bestimmt, warum.«

»Na klar doch. Das kann ich machen.«

»Sabah war gerne bei mir, wir haben über vieles gesprochen, über das sie mit den Eltern nicht sprechen konnte.«

»Zum Beispiel?«

»Sie trug einen Hijab, aber sie dachte darüber nach, ihn abzulegen, weil sie ihn hinderlich fand. Sie sah so anders aus als heute. Keine Schminke, kein Lippenstift, ein einfacher Rock und ein weites Hemd.«

»Sie mochte den Hijab also nicht?«

Suleika überlegt. Dann sagt sie: »Nein, so einfach ist es nicht. Sie trug ihn wie eine Jacke, wenn sie die Wohnung verließ. Er schützte sie vor den Blicken der Männer. Vor den Ermahnungen der Mitschülerinnen. Der Hijab zeigte ihr und den anderen ihren Wert.«

»Und dann? Wann kam der Gesinnungswandel?«

»Dann hat Sabah beschlossen, ihre geschützte Welt zu verlassen. Sie war Studentin, sie fand, es war Zeit, unabhängiger zu sein. Sie suchte sich eine kleine Wohnung in Schöneberg, nicht weit von hier, aber näher bei der Uni. Sie kam zu mir in den Kiosk, wenn sie die Eltern besuchte. Die Zigaretten waren Nebensache. Sie wollte sprechen.«

»Worüber denn?«

»Die Suche nach der Wohnung war sehr mühsam. Sabah dachte, es liege an ihrem arabischen Namen. Sie war verzweifelt. Keiner der Makler oder Vermieter meldete sich zurück. Erst nach langer Zeit fand sie ein kleines Studio. Sie hatte Glück, der Besitzer war Türke. Vom Studio in Schöneberg waren es zwanzig Minuten bis zur Uni in Dahlem. Das war eine andere Welt, mit anderen Regeln und anderen Symbolen. Das war die Welt der Deutschen. Sabah fühlte sich fremd darin.«

»Inwiefern?«

»Der Hijab schützte sie nicht mehr, machte sie nicht mehr stark. Im Gegenteil, er setzte sie bösen Blicken aus und gab ihr das Gefühl, nicht dazuzugehören, minderwertig zu sein. Ich habe sie so gut verstanden. So erging es jeder von uns!

Ich habe ihr erklärt, dass die Deutschen auf uns herabschauen, dass es klare Orte, Berufe, Rollen für uns gibt, so wie für ihre Mutter, die als Putzfrau arbeiten musste. Ich weiß, heute kämpft Sabah dafür, dass jede Frau einen Hijab tragen darf, wenn sie es will, ohne dass sie dadurch benachteiligt und diskriminiert wird. Aber –«

»Mhm, verstehe. Es dreht sich alles um den Hijab.«

»Ja. Sabah hat die Rolle gespielt, die ihr zugedacht war. Sie lebte im Migrantenkiez, stellte keine Ansprüche, hielt sich raus aus der Welt der Deutschen. Aber mit dem Umzug und dem Studium ging sie über die unsichtbare Grenze«, sagt Suleika.

»Das ist interessant. Und wie ist es ihr ergangen?«

»Nicht gut, zunächst. Der Nachbar beschimpfte sie im Vorbeigehen als ›Islamschlampe‹, die Kommilitoninnen taten verständnisvoll, fragten dann aber, warum sie das mit sich machen ließ. Der Hijab sei doch ein klares Zeichen der Unterdrückung.«

»Mhm, macht Sinn. Und dann?«

»Sie hat sehr gelitten. Und mit sich gerungen. Wie könnte sie weniger fremd sein? Wie ankommen in dieser Welt? Das Einfachste war, den Hijab abzulegen. Aber er gehörte zu ihr! Eines Tages kam sie zu mir und sagte: ›Ich lege ihn ab. Hilfst du mir?‹ – ›Klar‹, habe ich gesagt, ›wenn du es willst.‹ Sie brauchte mehrere Anläufe. Zuerst sagte sie, am Montag, dann passte es nicht, weil sie Erledigungen für die Mutter machen musste. Also Mittwoch. Es verging eine Woche. Dann war sie bereit.«

Suleika ordnet die Kaugummis in dem Ständer auf dem Tresen. Dann stützt sie die Hände auf, schürzt die Lippen und schaut Klagenfurt bedeutungsvoll an.

»Wir standen vor der Tür ihres Wohnhauses. Durch ein

Fenster auf der halben Treppe fiel Licht in den Flur. Ein Nachbar kam die Stufen herunter, ich erinnere mich an die Geräusche der alten Planken. Er schob sich umständlich an uns vorbei.«

»Und?«, fragt Klagenfurt gespannt.

»Sie tat es. Sie löste die Stecknadeln, mit denen das Tuch so zusammengehalten wurde, dass es die Haare und den Hals bedeckte. Das ist wichtig, der Hals darf auch nicht zu sehen sein. Sabah trat ins Freie, und ihre langen schwarzen Haare glänzten in der Sonne.«

»Was für eine schöne Geschichte«, sagt Klagenfurt.

13

Aus Berlin in die Republik. Der Wahlkampfmarathon beginnt mit dem Besuch der Oury-Jalloh-Schule in Recklinghausen. Unter den Schülern des Gymnasiums sind einige, die bei dieser Wahl zum ersten Mal stimmberechtigt sind. Und doch, nichts hasst Sabah mehr als Auftritte in der Provinz, vor Menschen, die nicht so kosmopolitisch und divers sind, wie sie es gewohnt ist. Sie lächelt gequält, es fällt ihr schwer, hier aufrichtig freundlich zu sein.

Das Gymnasium in Recklinghausen ist die erste von drei Stationen an diesem Tag, es folgen Auftritte in Bochum und Düsseldorf. Jette hat ein dichtes Programm organisiert, in den großen und mittelgroßen Städten des Landes wird die Wahl entschieden. Sabah wird auf Schritt und Tritt begleitet von YouTubern, Influencern und Reportern. Einige reisen mit ihr im Bus.

In der Aula der Schule spielt ein Mädchen auf dem Flügel *I will follow Him*, einen Gospelsong aus *Sister Act*. Die Schüler haben Sabah ein Blatt mit dem Liedtext in die Hand gedrückt.

I will follow Him.
Follow Him wherever He may go.
There isn't an ocean too deep,
no mountain so high it can keep
me away from His love.

Nach dem letzten Akkord setzt sie sich zu den Schülern in den Stuhlkreis. Die Lehrerin sieht sie erwartungsvoll an, mit einem Strahlen im Gesicht. Sie ist stolz, dass die Kanzlerkandidatin bei ihnen ist, und stolz, dass die Schüler den Moment zu würdigen wissen.

Sabah wartet einen Augenblick, dann sagt sie: »Ein wunderschönes Lied, vielen Dank. Ich muss dazu aber doch etwas anmerken. Oder besser: fragen. Geht es euch nicht auch so, dass sich etwas an diesem Lied nicht zeitgemäß anfühlt?«

Die Lehrerin schaut sie entgeistert an. Die Schüler blicken aufmerksam.

»Es handelt sich um ein Lied aus den achtziger Jahren des zwanzigsten Jahrhunderts. Das ist über fünfzig Jahre her. Ich finde es problematisch, wenn wir singen: ›I will follow *Him*‹, also *ihm*. Aus mehreren Gründen. Aus diesem Satz spricht eine Unterordnung unter das Männliche, das Patriarchale.«

»Aber es ist doch ein altes Lied.«

»Gerade deswegen müssen wir aufpassen! Wir reproduzieren die patriarchale Aussage, indem wir sie singen. Es wäre viel besser, wenn wir singen: ›I will follow Him/Her/Them. Follow Him/Her/Them wherever He/She/They may go.‹« Sie zeichnet mit einer Hand Schrägstriche in die Luft.

»Wie soll das denn gehen?«, fragt die Lehrerin.

»Das geht schon, man muss es einfach sehr schnell hintereinander sagen. Aber so fühlt sich keine:r ausgegrenzt!«

Die Lehrerin ist blass geworden. Die Schüler nicken zustimmend.

»Außerdem, und das ist ja auch wichtig: Wer sagt denn, dass Gott männlich ist? Wir haben aus gutem Grund heute gendergerechte Bibeln, in denen Gott/Göttin/göttliches Wesen steht. Etwas, das sehr großzügig vom Ministerium für Gerechtigkeit finanziert wurde.«

»Und was ist mit Allah?«, ruft ein Schüler dazwischen. »Der ist doch auch männlich.«

»Also bitte. Die Frage ist rassistisch und islamophob. Wir müssen die Friedensreligion des Islam so akzeptieren, wie sie ist, wir stehen doch für Toleranz!«

Der Schüler guckt betreten zu Boden und schweigt.

Sabah weiß, es ist wichtig, dass sie diese Akzente setzt, dass sie immer wieder auf Gendergerechtigkeit hinweist und gleichzeitig uneingeschränktes Verständnis für den Islam einfordert. Das erwarten ihre Wähler von ihr, das Diversitätsversprechen macht neben den ökologischen Themen den Kern des Parteiprogramms der ÖP aus. Auch wenn ihr persönlich diese Genderfragen eigentlich egal sind, denn im Grunde spürt sie eine Abneigung gegen die westliche Idee, dass das Geschlecht von Menschen konstruiert ist. Allah ist es doch, der die Menschen erschaffen hat, er hat Mann und Frau geschaffen und ihnen bestimmte Aufgaben gegeben. Sie weiß, wenn sie das jemals so offen bezeugen würde, wäre das ihr Aus. Gegen die Genderallianz in der Partei kommt sie nicht an, so lange die muslimische Fraktion nicht mächtig genug ist. So sichert sie sich lieber deren Unterstützung, so lange es ihr nutzt. Und es funktioniert: Die sie begleitenden YouTuber und Influencer in den sozialen Medien finden es toll, wie sie sich für inklusive Sprache einsetzt. Einer hat eben getwittert: »Mega! Sabah Hussein und ihr Gespür für Vielfalt!« Ein anderer hat ein Video von dem Gespräch gepostet und »Wunderschön! Es fühlt sich gut an, wenn alle mitgenommen werden« dazugeschrieben. Mit solchen Nachrichten kann sie bei der Wählerschaft punkten.

So wichtig es ist, tradierte Rollenmodelle immer wieder anzuprangern, so sehr polarisiert sie auch damit. Vor allem ältere Bürger wollen die neue Perspektive noch immer nicht akzeptieren. So ist es auch an diesem Kampagnentag wieder, selbst unter den Journalisten, die sie begleiten, geht die Meinung auseinander.

»So richtig überzeugend war das ja wohl nicht«, raunt ein altgedienter Reporter dem jungen YouTuber auf dem Platz neben sich im Bus zu. Der zuckt mit den Achseln.

»Ich finde es wichtig, dass sie für Vielfalt steht, sich dem Hass entgegenstellt. Ich finde sie toll.«

»Aber inhaltlich kam da nicht viel Kompetentes rüber«, sagt der Reporter.

»Ich weiß nicht. Ich spüre da eine Ablehnung gegenüber Sabah Hussein«, sagt der YouTuber. »Das finde ich ganz problematisch.«

Der Reporter dreht den Kopf zum Fenster und rollt die Augen.

Trotz Stress muss Sabah versuchen, authentisch zu bleiben. Die Begegnung mit der Kanzlerkandidatin ist etwas Besonderes. Die Kunst eines Politikers ist es, den Menschen genau dieses Gefühl zu geben. Sabah gelingt es häufig, aber nicht immer.

Der Bus nähert sich Bochum. Sabah und die Bochumer ÖP verbindet schon lange ein politisches Vorzeigeprojekt mit landesweiter Wirkung. Gemeinsam mit dem Studierendenausschuss der Universität hat die Partei auf Initiative der damaligen Jungpolitikerin Sabah Hussein dafür gesorgt, dass die sogenannte »Peinliche Analyse« für künftige Mitarbeitende an der Uni eingeführt wurde. In der PA werden sämtliche digitalen Daten von Bewerbern durch eine speziell dafür entwickelte Software auf deren politische Ausrichtung hin analysiert. Das soll dabei helfen, Faschisten von der Universität fernzuhalten. Das Projekt hat anfänglich für ziemlichen Wirbel gesorgt, aber später zogen alle Universitäten des Landes nach. Heute gehört die PA zu jedem regulären Einstellungsprotokoll.

Und jetzt ist sie wieder hier. Als Kanzlerkandidatin! In einer trostlosen Containersiedlung soll sie eine Bochumer Familie besuchen. Schon lange sind in Deutschland die Mieten gedeckelt, die Situation auf dem Mietmarkt hat sich dennoch nicht gebessert. Auf der einen Seite entstehen Luxuswohnungen zu horrenden Preisen, die reißenden Absatz finden – wer kann, der kauft –, und auf der anderen Seite gibt es nur Mietwohnungen in erbärmlichem Zustand oder sogenannte Wohncontainer.

Die Wohnungsunternehmen argumentieren, mehr sei nicht drin, mit Mieten könne man kein Geld mehr verdienen. Weil man menschenwürdiges Wohnen trotzdem ermöglichen wolle, habe man das Containermodell entwickelt. Für Alleinstehende gibt es den Singlecontainer mit einem Wohn-/Schlafraum, einer Küchenecke und Toilette sowie einer Etagendusche auf zehn Container. Für Familien gibt es den Familycontainer mit beweglichen Modulen, der sich entsprechend der Personenzahl eines Haushalts zusammenstellen lässt, sogar mit einer eigenen Dusche.

In einem solchen Familycontainer des Unternehmens »A Container For You, A Container For Me« wohnen Sandra und André Schultze mit ihren beiden Kindern. Sie ist Frisörin, er ist Fernkraftfahrer. Sabahs Besuch bei den Schultzes soll zeigen: Die ÖP ist für alle Menschen da. Sie setzt sich auch für die sozial Schwachen ein.

Sabah ist unwohl. Bei diesen Menschen will sie nicht sein. Die Leute machen ihr Angst. Ihre Sorgen sind ihr fremd. Es ist ja nicht so, dass diese Sorgen sie nicht interessieren, sie liegen einfach fernab ihrer eigenen Wirklichkeit. Sie versteht sich als Frau für die große Bühne.

Sabah geht auf die Containersiedlung zu. Ihre High Heels fallen auf. Ebenso die schwarze Bluse und die Uhr von Cartier. Die Schultzes erwarten die Kanzlerkandidatin in der schmalen Tür zu ihrem Container, sichtlich überfordert von den Kameras, und bitten Sabah in das Wohnmodul. Sie setzt sich auf die Kunstledercouch und zieht ihren Rock über die Knie. Blogger, YouTuber, Berater drängen sich ebenfalls in den beengten Raum mit der Standardausstattung. Die Schultzes sind verunsichert und schauen zu den fremden Menschen, die in ihrem Container stehen, während Sabah mit ihnen redet.

»Was sind für Sie denn die wichtigsten Themen?«, will Sabah wissen.

»Na, die Wohnungsnot!«, sagt André Schultze sofort. »Das Leben in den Containern ist scheiße. Wenn man heizen will, muss man ein Ticket lösen. Ich bezahle zwei Euro fünfzig, und dafür gibt es dann einen Tag Wärme.«

»Ja«, sagt Sabah, »das verstehe ich. Es kann nicht sein, dass Sie so leben müssen, trotz kompletter Deckelung der Mieten.«

»Was machen Sie dagegen?«, fragt Sandra Schultze.

»Wir sind für rigorose Enteignungen. Aber das dauert einfach immer noch viel zu lange.«

»Sie meinen, Enteignungen lösen das Problem?«

»Das ist doch ganz klar«, sagt Sabah. »Schuld ist der Kapitalismus. Ich sehe doch tagtäglich, dass viele Menschen in viel zu großen Wohnungen und Häusern leben. Das muss geändert werden.«

»Ich denke eher, dass wir zu wenig Geld verdienen. Andere bekommen viel mehr, Politiker wie Sie zum Beispiel. Früher waren die Unterschiede nicht so groß. Ich wünsche mir vor allem, dass meine Arbeit sich lohnt. Dann könnten wir uns nämlich auch eine Wohnung leisten!«

»Nun, wenn es darum geht, mehr Geld zu verdienen, dann muss man auch etwas flexibel sein«, sagt Sabah freundlich.

Die Schultzes schauen sie mit großen Augen an.

»Es gibt doch bestimmt Jobs in der Region, die besser bezahlt sind und die Sie machen könnten. Ich habe mich vor dem Gespräch informiert. Migrationshelfer werden auch in Bochum dringend gesucht. Sie übernehmen Erledigungen für neu angekommene Migranten – Einkaufen, Behördengänge, Kinderbetreuung – und erhalten dafür ein solides Gehalt vom Staat. Nicht sehr hoch, aber höher als Sozialhilfe. Und Sie tun etwas Gutes, haben eine sinnvolle Beschäftigung.«

»Das wollen wir aber nicht. Wir wollen in unseren Jobs arbeiten.«

»Aber man muss mit der Zeit gehen, wenn sich die Rahmenbedingungen verändern«, sagt Sabah. »Wir möchten Menschen wie Ihnen doch bestmöglich helfen. Sehen Sie, ich komme selbst von ganz unten. Ich weiß, was es heißt, wenn man auf Hilfe angewiesen ist. Wie könnten wir Ihnen denn unter die Arme greifen?«

»Indem Sie uns finanziell unterstützen! Damit wir den Kindern etwas bieten können. Freizeitmöglichkeiten, also vielleicht Kinokarten oder so.«

»Das finde ich auch sehr wichtig. Ich werde mich dafür starkmachen, dass wir das in unser Programm übernehmen.«

»Frau Hussein«, wirft ein YouTuber ein, »das ist doch längst in Ihrem Wahlprogramm.«

»Ach tatsächlich? Ja, stimmt!« Sabah streicht den Kindern der Familie über die Wangen. Sie hat die Situation gerettet. Dann umarmt sie Sandra Schultze und gibt dem Mann und den Kindern schnell die Hand, dabei lächelt sie in die Kameras. Jette schaut verlegen zur Seite.

Sie sitzen im Bus, fahren an den grauen Wohnhäusern des Ruhrgebiets vorbei. Die Fronten unter den Journalisten haben sich verhärtet. Der YouTuber hat sich woanders hingesetzt, er findet es wichtig klarzumachen, dass man diese kritische Grundhaltung der Kanzlerkandidatin gegenüber nicht toleriert. Der Kollege, mit dem er auf dem Weg nach Bochum diskutiert hat, ist bestimmt rechts. Der Alte sitzt jetzt bei den anderen alten weißen Männern. Sie blicken argwöhnisch zu der Truppe von jungen Influencern und YouTubern. Man spricht nicht miteinander.

Ganz vorne sitzt Sabah und schaut auf ihr Handy. Sie checkt unentwegt, was bei Twitter, Instagram, Telegram, Clubhouse los ist, welche Trends es gerade gibt, um schnell noch etwas zu einem aktuellen Thema zu posten. Sie schaut, was die Mitreisenden twittern, und kommentiert und likt und retweetet die positiven Tweets – zum Glück die meisten!

Was viele – Unterstützer wie Kritiker – an Sabah bewundern, ist ihr Durchhaltevermögen. Dass sie, egal wie lange ein Tag dauert, wie viele Termine sie absolviert, nie müde wirkt, immer perfekt gestylt ist, gerade sitzt, voller Spannung und Energie. Sie glaube, das liege daran, dass sie keinen Alkohol trinke, sagte sie einmal, und dass sie sich sehr gesund ernähre. Gesund ist für sie die Küche des Nahen Ostens, viel Gemüse, Obst, Nüsse, Fisch. Das fette deutsche Essen – Pommes, Burger, Würste – und Bier, das mache hässlich und müde.

Am Abend steht der wichtigste Auftritt des Tages an, Sabahs Rede auf dem Unternehmertag in Düsseldorf. Es war immer klar, dass dieser Auftritt kein Heimspiel würde. Da sitzt das Kapital, alt, weiß, männlich, deutsch, und blickt ihr grimmig entgegen, als sie die Bühne betritt, sich ans Podium stellt und das schmale Mikrophon zu sich biegt. Eine Rede zum Thema Ökonomie! Keine Spontaneität, sie wird Wort für Wort ablesen. Wenn es um den Islam geht, um Migration, Gender, Gerechtigkeit, Diversität, kann sie auch einmal etwas ausführen, das nicht auf den Sprechzetteln steht. Da fühlt sie sich sicher, aber die Wirtschaft ist nicht ihr Thema.

»Sehr geehrte Anwesende. Sie sind das wirtschaftliche Rückgrat unseres Landes, das unseren Wohlstand sichert und dem Deutschland seine gute Stellung verdankt. Aber die Welt wandelt sich, unsere Gesellschaft wandelt sich. Wo es früher um Profit ging, geht es heute um Solidarität, geht es darum, das Miteinander zu stärken. Und genau hier haben Sie eine ganz besondere Verantwortung.«

Eiskaltes Schweigen schlägt ihr entgegen. Wenn sie diese Männer auch nur ansatzweise auf ihre Seite ziehen will, muss sie vom Skript abweichen. Was um alles in der Welt hat Jette sich bei diesem Sermon nur gedacht? Sabah atmet tief durch. Dann legt sie den Sprechzettel zur Seite. Sei's drum, denkt sie. Angriff war schon immer die beste Verteidigung.

»Den Kapitalismus überwinden, das ist eine Maxime aus unserem Wahlprogramm. Was heißt das konkret? Ich will es auf eine andere Formel bringen, nämlich auf die Frage: Was braucht man wirklich? Diese Frage soll unser Grundsatz, unsere Richtschnur werden. Braucht man ein Auto? Braucht man ein Einzelzimmer im Krankenhaus? Braucht man die erste Klasse im Zug? Die Frage soll uns helfen, uns auf das zu besinnen, was wirklich notwendig ist. Sie werden sagen, man kann fast auf alles verzichten. Aber das stimmt nicht. Auf vieles kann man, können wir nicht verzichten.« Sie macht eine bedeutungsvolle Pause. »Brauchen wir Solidarität? Ja! Brauchen wir eine Umverteilung von Reichtum? Ja! Brauchen wir mehr Diversität? Ja!«

Ein Raunen geht durch den Saal. Jetzt ist Sabah in Fahrt,

hat Tritt gewonnen und Sicherheit. »Was heißt das für die Unternehmen? Zunächst einmal bedeutet es die Abkehr von der Denke, in der der Profit an erster Stelle steht. Sehen Sie, an erster Stelle sollen künftig Verantwortung und Solidarität stehen. Konkret: die Verallgemeinerung von Gewinn. Ich unterstütze Unternehmertum immer dann, wenn es darum geht, Kosten zu decken, Innovation zu fördern und allen ein Auskommen zu ermöglichen. Was darüber hinausgeht, soll an die Allgemeinheit weitergegeben werden. Das ist Solidarität, meine Damen und Herren, das unterstütze ich! Blinde Bereicherung unterstütze ich nicht!«

Niemand klatscht.

»Aber Solidarität heißt neben der Verallgemeinerung von Gewinn auch: alle mitnehmen, benachteiligten Gruppen Zugang zur Macht ermöglichen. Das ist nicht nur gut und richtig, es fühlt sich auch gut an! Die schon beschlossene Quotenmatrix ist dafür ein geeigneter Anfang. Aber es bedarf einer grundlegend neuen Unternehmenskultur. Denn wenn ich Sie hier so sehe, meine Damen und Herren, dann fällt mir auf: Es fehlen die Diversen, die Schwarzen, die Muslim:innen. Erst wenn die Wirtschaftselite so vielfältig ist wie unsere Gesellschaft, sind wir der Gerechtigkeit näher gekommen. Das ist ein weiter steiniger Weg. Ein Weg, den wir auch in Ihrem Interesse gehen müssen. Denn alle Studien zeigen: Nur diverse Unternehmen können wirklich erfolgreich sein.«

Lange Sekunden der Stille. Sabah blickt in einen dunklen Saal, kann gegen das grelle Scheinwerferlicht nur schemenhafte Gesichter ausmachen.

»Ich danke Ihnen für Ihre Aufmerksamkeit«, sagt sie.

Dann fangen im hinteren Teil des Saals ein paar Zuhörer an zu klatschen. Es ist ein skeptisches langsames Klatschen, der Höflichkeit geschuldet. Es drückt unmissverständlich aus, was die Bonzen denken: Wir teilen nicht, was du gerade gesagt hast. Dieser Applaus ist ablehnend, lieblos.

Ein Moderator kommt für die Diskussion zu Sabah auf die Bühne. Sie setzen sich auf die dafür bereitgestellten Sessel. Schon schnellen die ersten Arme im Publikum in die Höhe. Der Moderator erteilt einem älteren Herrn das Wort, die Hostess bringt ihm ein Mikrophon.

»Ich führe mein Unternehmen in vierter Generation. Und jetzt halten Sie sich mal fest, Frau Kanzlerkandidatin. Ich habe dreitausend Mitarbeiter, zweihundert Filialen. Und das, obwohl wir anscheinend alles falsch gemacht haben! Keine Schwarzen, keine Diversen. Wie können wir bloß so erfolgreich sein?«

Lautes Lachen im Saal. Was für ein Idiot, denkt Sabah.

»Das freut mich sehr für Sie. Ihre Firma ist wichtig für unser Land. Aber betrachten Sie es einmal anders«, sagt Sabah. »Wie erfolgreich könnten Sie erst sein, wenn Sie das gesamte Potenzial nutzen würden?«

Der Unternehmer schnalzt mit der Zunge, guckt rechts und links zu seinen Sitznachbarn, plustert sich auf, wagt aber keine Widerrede. Ein anderer meldet sich zu Wort. »Sie sagen, dass eine möglichst vielfältige Gesellschaft besonders erfolgreich ist. Neulich habe ich gelesen, dass neunundneunzig Prozent der Einwohner in Nigeria Schwarze sind. Was raten Sie dem Land? Etwa möglichst viele Weiße, Asiaten und Araber zu importieren, um endlich erfolgreich zu werden?«

»Ich muss Sie schon bitten. Das ist hart an der Grenze zu Rassismus. Sie werden mir nachsehen, dass ich nicht auf Ihre Wortmeldung eingehe.«

Sabah ist sich sehr bewusst, dass sie ohne den weißen Geldadel in ihrem Amt nicht würde überleben können, sollte sie die Wahl gewinnen. Ihre Politik muss finanziert werden. Sie würde es sich künftig wohl kaum mehr leisten können, dieser reichen Elite gegenüber so offensiv, so forsch aufzutreten. Diese Menschen wollen keine Diversitätsquote, wollen keine andere Unternehmenskultur, wollen keine Macht abgeben. Andererseits: Wenn sie erst einmal die Macht hat, werden die schon spuren. Die Wirtschaftsmagnaten wissen auch, dass der Anteil derer im Volk, die Enteignungen und rigorose Steuererhöhungen für Reiche unterstützen, immer größer wird. Und sie werden alles tun, um zu verhindern, dass es so weit kommt.

Am Ende klatschen die Anwesenden. Ein verhaltener Anstandsapplaus. Gerade so, wie es sein muss. Es ist spät geworden, Sabah fliegt erst am nächsten Morgen zurück nach Berlin.

Beim Verlassen der Veranstaltung fällt ihr Blick auf ein Plakat auf der anderen Straßenseite. Es ist die Werbung für den neuen 007. Kino, denkt sie wehmütig, ich war schon ewig nicht mehr im Kino. Als sie ein Kind war, eröffneten ihr Filme und Bücher den Blick in andere Welten. Sie lernte New York kennen, London, Paris. Erst mit Anfang zwanzig verreiste sie zum ersten Mal zum Vergnügen. Im Kino sah sie, wie andere Menschen lebten, in geräumigen Wohnungen oder in Häusern mit einem Garten. Manche hatten sogar einen Dachboden! Die heruntergekommene Mietskaserne in Berlin und das Flüchtlingslager im Libanon waren die einzigen Unterkünfte, die sie bis dahin gekannt hatte. Aber es gab noch eine andere Wirklichkeit, eine, in der die Menschen jeden Tag andere Kleidungsstücke anziehen konnten, eine, in der die Eltern glücklich waren, in der Blumen auf dem Tisch standen und die Sonne durch große Fenster in schön aufgeräumte Wohnzimmer fiel. Wo lebten diese Menschen, wo wohnten sie? Ja, Kino war träumen. Aber Kino war auch verletzend, war hart. Es hielt Sabah die Begrenztheit des Lebens vor Augen, das ihre Familie in Berlin führte.

»Frau Hussein?«, fragt der Fahrer.

»Ja, bringen Sie mich doch bitte zum nächsten Kino. Ich brauche eine Abwechslung.«

Der Vorführungssaal ist schon dunkel, als Sabah ihren Platz sucht, eine schwarze Mütze tief über die Stirn gezogen und den Mantelkragen hochgestellt, die Personenschützer in gebührendem Abstand hinter ihr. Sie hat Popcorn gekauft, eine kühle Cola. Es ist wie früher.

Sie liebt 007. Sie mochte schon James Bond, aber sie findet es prima, dass 007 jetzt eine diverse Agentin ist, eine schwarze, lesbische Frau mit Behinderung. So kommt die politische Agenda immer mehr im Mainstream an. Imani, die preisgekrönte kenianische Schauspielerin, gibt eine unglaublich agile Agentin. Vergangenes Jahr hat sie für ihre Verkörperung der 007 einen goldenen Khan gewonnen. Das Preisgeld für die Khans, die jeden Februar in Mumbai verliehen und inzwischen als die wichtigsten Trophäen der Filmwelt gesehen werden, stammt aus dem Nachlass einer großen indischen Unternehmerin. Und offenbar hat der neue 007 laut Presse alle bisherigen Besucherrekorde gebrochen, weil mehr Menschen denn je in Asien und Afrika in die Kinos strömen. Könnte es einen besseren Beweis dafür geben, wie erfolgreich Diversität ist?

Der Film beginnt. Durch den Lauf einer Pistole erkennt man Imanis schwarze Silhouette.

14

Während Sabah im Kino für kurze Zeit ihren Alltag hinter sich lässt, findet anderswo ein denkwürdiges Treffen statt. Es ist stockdunkel in der flachen Weite von Mecklenburg-Vorpommern. Die Nacht ist wolkenverhangen, der Mond nicht auszumachen. Die einzige Lichtquelle ist ein großes loderndes Lagerfeuer auf dem neu gebauten Marktplatz von Neu-Gotenhafen. Die Szenerie mutet mittelalterlich an, wären da nicht im Schein der Flammen im Hintergrund dicke SUVs zu erkennen.

Noch sind die meisten Gebäude nicht fertiggestellt, aber ein paar mutige Siedler haben sich an dem Ort bereits niedergelassen, darunter eine weiße Familie aus Frankfurt mit vier Kindern. Das jüngste ließ sich am Vortag taufen, Sven Birn war extra gekommen, um die erste Siedlerfamilie bei dem wichtigen Ereignis zu begleiten.

Die Eltern sitzen am Lagerfeuer neben Sven Birn und Nils van Vliet, den beiden Männern, die Neu-Gotenhafen groß machen wollen. Auch Denise hat am Feuer Platz genommen, die Frau, die ein paar Tage zuvor nach Neu-Gotenhafen gekommen ist. Und noch ein Mann sitzt da und blickt still in die Flammen. Alexej ist ganz in Schwarz gekleidet, hat eine Halbglatze. Seine Anwesenheit löst bei den jungen Siedlern Unbehagen aus, sie haben gesehen, wie er, als er in Neu-Gotenhafen ankam, einen dunkelgrauen Alukoffer an Sven Birn übergab, als sie sich bei den Autos begrüßten. Sie scheinen sich schon länger zu kennen, sie reden nicht viel, aber wenn, dann sprechen sie vertraut miteinander. Die jungen Siedler denken, dass es besser ist, nicht zu fragen, was es mit dem Koffer auf sich hat.

»Es geht voran. Sogar schneller, als wir gedacht haben«, prahlt Birn vor versammelter Runde. »Hier oben, in Sachsen und Thüringen, in Bayern, Niedersachsen, Hessen und so weiter. In jeder Landesregierung im Osten, im Bundesinnenministerium, im Bundesfinanzministerium, im Kanzleramt – überall sitzen unsere Leute. Sie lesen mit, sie hören mit, sie schreiben mit. In dieser beschissenen Regierung, die zerfressen ist von den«, Birn macht ein gelangweiltes Gesicht, stößt den Unterkiefer vor und zieht den Vokal in die Länge, um besonders genervt zu klingen, »Guuuten, von den sogenannten Migranten, den Genderweibern, den versifften Linksgrünen, den ewig Korrekten. Dieses ganze Scheißsystem wird bald in sich zusammenbrechen, und dann wird die alte Ordnung wiederhergestellt!«

»Ha!«, sagt Denise hämisch, und das junge Siedlerpaar nickt.

»Bis dahin werden wir unsere Gemeinschaft festigen. Wir werden bereit sein. Gottesfurcht und deutsche Heimat, das sind die Stützen, auf denen sie gründet.«

»Amen«, sagt Denise.

»Das ist alles? Einfach warten?«, fragt Alexej mit russischem Akzent.

»Natürlich nicht nur. Ich versetze dem System mit meinen Nachrichten doch jeden Tag neue kleine Schläge.«

»Das bringt aber leider wenig«, sagt Nils van Vliet. »Ist ja schön und gut, dass du im Netz für Wirbel sorgst, Sven, aber die Anhänger dieser hohlen Islamtussi scharen sich immer mehr um sie. Wenn es so weiterläuft, gewinnt sie die Wahlen!

Und dann gute Nacht. Die bauen doch das Land endgültig so um, dass ihr Weißen hier überhaupt nichts mehr zu melden habt. Und dann lassen sie immer noch mehr Kaffer rein, und die nehmen euch eure Jobs weg und eure Frauen und Kinder und euren Boden.«

»Wart's ab, Nils. Nicht mehr lange, und die ist fällig.« Er steht auf und legt ein paar dicke Äste in die Flammen. Selbstbewusst schaut er in die Runde.

»Amen«, sagt Denise.

Das Feuer knackt und knistert.

15

Sie sind zu fünft an diesem Abend. Anna, Hatice, Rania, Jette und Sabah. Nach langer Zeit hat Sabah wieder zu einem Salon geladen. Seit zwei Jahren trifft Sabah sich regelmäßig mit den vier Frauen. Netzwerken ist wichtig in der Politik, das eigene Netzwerk kann Sicherungsnetz und Katapult zugleich sein, das hat Sabah gelernt. Verbündete, Fürsprecherinnen für ihre Sache zu gewinnen, Menschen, mit denen man Interessen teilt. In Sabahs Fall sind das vor allem Frauen und Menschen mit Vielfaltsmerkmal.

»Setzt euch, meine Lieben!«, sagt Sabah und schenkt Anna, Jette und Rania Weißwein ein und Hatice und sich selbst Cola. Sie nimmt als Letzte Platz an der festlich eingedeckten Tafel. Über dem Tisch hängt ein goldener Kronleuchter, die Kerzen erhellen den Raum mit warmem Licht. An der Wand hinter Sabah hängt ein übergroßes Schwarz-Weiß-Foto des Felsendoms in Jerusalem. Sabah trägt das dichte schwarze Haar offen und ein enges rotes schulterfreies Kleid. Sie sieht toll aus.

Auf einer Anrichte stehen Fotos von Sabah und ihrem Mann im Urlaub am Mittelmeer, in Südfrankreich. Er hält sie fest im Arm, sie strahlen. Das Glück ist ihnen anzusehen.

Marwan ist unscheinbar, ein Durchschnittstyp, zumindest optisch. Er sieht aus, wie man sich einen Versicherungsvertreter oder einen Buchhalter vorstellt. Die dunklen angegrauten Haare immer ordentlich geschnitten und zu einem Seitenscheitel gekämmt. Anzug und Krawatte. Marwan hat stets darunter gelitten, dass er so unauffällig ist. In der Schule, während des Studiums. Er wurde von den Mitschülern immer als Letzter in die Gruppen aufgerufen beim Sport. Aber er war ehrgeizig, und sein Ehrgeiz wuchs, je mehr man ihn übersah. Er war intelligent, hatte eine große Begabung für Mathematik und Chemie und erreichte eine der höchsten Punktzahlen im Berliner Abitur seines Jahrgangs. Mit einem Stipendium ging er dann an die Harvard University und studierte Biochemie. Nach dem Abschluss erhielt er Angebote von Pharmaunternehmen und Unternehmensberatungen.

Wie Sabah wuchs er in beengten armen Verhältnissen in Berlin-Neukölln auf. Er sah sie zum ersten Mal nach einem Freitagsgebet in der Gemeinde. Sie war ein ruhiges Mädchen mit Hijab, sie kam aus dem Frauenbereich und sprach libanesisches Arabisch mit ihrem Bruder, der vor der Moschee auf sie wartete. Das klang so vertraut. Ein Mädchen aus seiner Heimat, gottesfürchtig. Er wusste gleich, dass sie zu ihm passen würde. Und noch bevor er zum Studium in die USA flog, hielt er bei ihren Eltern um Sabahs Hand an. Sie sagten ja.

Seitdem hat er sich kaum verändert, sie umso mehr. Marwan ist stolz auf sie, er spürt Genugtuung. Denn ihr Glanz hebt auch ihn aus der Unauffälligkeit. Er mag zwar weiterhin blass wirken, aber als Mann an ihrer Seite kann man ihn nicht mehr ignorieren. Er tut alles, um Sabah auf Händen zu tragen, er überhäuft sie mit Geschenken, unternimmt teure Reisen mit ihr. Als gut bezahlter Manager kann er es sich leisten. Sabah ist das nicht wichtig, das Reisen, der Luxus. Für sie ist Marwan einfach da, der Anker in ihrem hektischen Leben.

»Zur Einstimmung möchte ich euch die Geschichte einer arabischen Prinzessin erzählen. Mit ihren Mandelaugen und dem langen schwarz glänzenden Haar war Dhat al-Himma eine betörende Schönheit. Sie wurde von Ammen aufgezogen, vor der Öffentlichkeit geschützt. Byzanz lag im Streit mit den Muslimen, es war eine Zeit blutiger Kriege. Als sie älter wurde, wollte sich Dhat al-Himma nicht in die passive Rolle fügen, die ihr als junger Frau zugedacht war. ›Ich will kämpfen‹, sagte sie zu den Ammen. So lernte sie schon früh, die eigenen Waffen zu schmieden und auf dem Pferd zu kämpfen.«

Die vier Frauen hören Sabah gebannt zu. Ab und zu nippt eine an ihrem Glas. Es ist eine feierliche Stimmung. Auffällig vertraut.

»Eines Tages fielen sie und die Ammen in die Hände eines feindlichen Stammes, und Dhat al-Himma wurde versklavt. Sie musste den Männern die Füße waschen und das Essen bringen. Als ihr Vater, der Kalif, von dem Raub erfuhr, überfiel er mit seinen Soldaten die Entführer. Aber weil er seine Tochter nicht erkannte, griff er auch sie an. Sie zog schnell die Waffe, kämpfte mit dem Vater und warf ihn zu Boden. Sie hielt ihm das Schwert an die Kehle und drohte damit, ihn zu erstechen. Da erkannte er sie. ›Wahrlich‹, sagte er, ›eine Frau, die so kämpft, muss meine Tochter sein!‹ Sogleich wollte er Dhat al-Himma vermählen, so wie es die Tradition verlangte, und es kamen nur die besten und edelsten Männer des Landes infrage. Sie aber widersetzte sich. Als der Kalif sie dennoch verheiratete, weigerte sie sich, die Ehe zu vollziehen. Ihr Mann ließ sie betäuben, vergewaltigte und schwängerte sie. Aus Rache tötete Dhat al-Himma ihren Mann und ihren Vater. Den Sohn erzog sie gottesgläubig und zu einem vorzüglichen Kämpfer. Mit ihm bildete sie ein im gesamten Reich gefürchtetes Kriegergespann. Dhat al-Himma war nicht nur im Zweikampf besser als alle Männer, sie war auch eine hervorragende Heerführerin und Strategin. Sie gewann unzählige Schlachten, nahm die schönsten und tapfersten Frauen gefangen und vermählte sie mit den Kriegern ihres Heers.«

Die Frauen schweigen, schauen sich verschwörerisch an. Anna grinst und kräuselt die Nase dabei, Hatice nickt mit dem Kopf. Sabah blickt herausfordernd in die Runde.

»Eine arabische Feministin vor über tausend Jahren, als die Menschen hier noch in feuchten Lehmhütten hockten und hofften, dass ihnen der Himmel nicht auf den Kopf fällt!«, schwärmt Jette und lacht herzlich. »An einer Stelle in *Germania* schreibt Tacitus übrigens über die ›Ungunst der Witterung‹ hierzulande. Es würde immer ›gewaltig frieren‹ und man könne dieses Land gar nicht ›rau und schrecklich genug‹ beschreiben. Die Germanen würden sich tagelang am Feuer wärmen, während in der Levante Kunst und Kultur blühten und der Islam diese Errungenschaften bis nach Andalusien trug.«

»Die Zukunft gehört den muslimischen Frauen«, sagt Anna und erhebt ihr Glas. Sie steht Sabah besonders nahe. Sie profitiert immer wieder von Insiderinformationen, die Sabah ihr aus dem Politbetrieb zusteckt. Und Sabah konnte schon mehr als einmal darauf bauen, dass Anna sie im richtigen Licht erscheinen lässt, mit einer Meldung zum besten Zeitpunkt oder mit einem Interview, das gerade noch kritisch genug war, um nicht als förderlich aufzufallen, aber Sabah doch eine bequeme Bühne bot. Anna hält Sabah für die Richtige, um Deutschland in eine moderne Zukunft zu führen. Und Sabah hält Anna für naiv und manipulierbar. Anna will etwas verändern. Sie findet, Journalismus muss nicht nur berichten, er muss das Land in die richtige Richtung bringen. Und sie hat schon viel erreicht, unter anderem, dass sich der *Globus* für sämtliche Storys und Interviews an eine Diversitätsmatrix hält, analog der per Gesetz beschlossenen Matrix für Unternehmen, dass also sowohl alle Interviewpartner, Experten, Politiker als auch alle Autoren nach einer Quote ausgesucht werden. Endlich war Schluss damit, dass mehr männliche Autoren auf der Seite zu finden waren als weibliche oder zu wenige Schwarze und Homosexuelle.

»Auf jeden Fall, Anna. Wir vereinen so vieles in uns«, sagt Hatice und prostet Anna und den anderen zu. »Alle Frauen haben ein besonderes Gespür dafür, was richtig und was falsch ist. Aber wir muslimische Frauen wissen, was Unterdrückung heißt, weil wir sehen, was in Palästina geschieht. Wir können mehr Ungerechtigkeit erkennen als andere, denn wir wissen aus unserer Erfahrung, was Unrecht ist. Und wir haben unseren Glauben. Das gibt uns Kraft. Wer kann uns noch stoppen? Auf die feministischen Muslimas!«

Hatice und Sabah sind aus dem gleichen Holz geschnitzt. Es verbindet sie keine tiefe Freundschaft, eher eine Zweckgemeinschaft. Beide sind egoistisch und auf ihre Karriere fokussiert. Inhalte und Freundschaften dienen dazu weiterzukommen. Upgrade nennen sie es beide und tun, was immer notwendig ist, um ein Upgrade zu bekommen.

Sie sind gestandene Frauen mit Einfluss und Macht, Sabah und ihre Komplizinnen. Wenn sie wollen, dass etwas zum Thema gemacht wird, dann schaffen sie es auch. Ein Artikel hier, ein Kommentar dort, dazu die entsprechenden Expertenstimmen, und die Medienmaschinerie springt an. Das alte Spiel der Männerseilschaften – die fünf Frauen spielen es längst mit links. Wichtige, das Land fesselnde Debatten haben sie angestoßen, zum Beispiel #Neudeutsch. Tausende teilten über ihre Accounts in den sozialen Medien ihre Erfahrungen mit Alltagsrassismus. Tagelang gab es kaum ein anderes Thema. Ein Fußballstar verriet bei Clubhouse, wie er benachteiligt wurde, weil bekannt geworden war, dass er mit einer kleinen Abordnung der afghanischen Taliban für ein Foto posiert hatte.

Rania Hamami, die streitbare Journalistin mit Vielfältigkeitszusatz, sorgt immer wieder für Schlagzeilen. Ihre Talkshow läuft in der Primetime. Sie bedient gerade nicht die klischeehafte Vorstellung, die viele von einer wie ihr wohl haben. Sie lebt mit einer Frau zusammen und auf ihren Armen hat sie mehrere Tätowierungen. Sabahs Verhältnis zu Rania ist zwiegespalten. Einerseits bewundert sie Rania dafür, wie gekonnt und erfolgreich sie in ihren Posts und Sendungen Themen wie Rassismus, Islamophobie, Diversität bespielt. Sie trifft den korrekten Ton, wirkt dabei sicher und sympathisch. Sabah weiß, dass genau das ihre eigenen größten Defizite sind, dass sie schnell patzig wirkt, dass Sympathie nicht ihre schärfste Waffe ist. Sie versucht es nach Kräften zu ändern oder zumindest zu kaschieren, aber wenn sie sieht, wie Rania sich mit großer Leichtigkeit so gut darstellt, dann fragt sie sich, ob ihr das je so gelingen wird. Dann spürt sie nicht nur Bewunderung für Rania, sondern auch Neid.

Wenn eine der Frauen Sabahs volles Vertrauen genießt, dann Jette. Sabah ist geradezu abhängig von ihr, weil Jette ein Gespür hat für Themen und Wörter, das Sabah selbst manchmal fehlt. Sie hört auf Jettes Rat, Jette schreibt ihre Reden und Sprechzettel. Vor fünf Jahren bewarb sich Jette auf die Stelle als Büroleiterin der heutigen Kanzlerkandidatin im Innenministerium. In der letzten Runde waren noch drei Frauen, und Sabah wusste instinktiv, dass Jette die Richtige war. Das ist es auch, was einen guten Politiker oder eine gute Politikerin ausmacht, dass man nach wenigen Momenten Menschen einzuschätzen weiß. Sabah sah, dass da eine Frau war, die für etwas brannte, die hungrig war. Die aber

– und das war wichtig – nicht in der ersten Reihe stehen wollte, sondern die in der zweiten den Laden zusammenhält und in die richtige Richtung lenkt. Sabah schaut Jette an und denkt, was für eine tolle Frau!

Die Frauen in diesem Raum sind der Kern ihrer wachsenden Macht, die wichtigsten Verbündeten, mit deren Hilfe Sabah die Strippen zieht. Wie sie es schon auf dem Weg zu ihrer Kandidatur getan hat. Denn eigentlich galt als bereits ausgemacht, dass Peter Helderberg, ein alter weißer Parteihaudegen, für die ÖP ins Rennen gehen würde. In jungen Jahren hatte er sich an Bahngleise gekettet und Geflügelfabriken belagert und später, als Ministerpräsident von Schleswig-Holstein, setzte er ein paar bahnbrechende Gesetzesvorlagen um, die benachteiligten Gruppen mehr Teilhabe am öffentlichen Leben ermöglichten. Aber Helderberg fehlten das Feuer, die Ausstrahlung, der unbedingte Wille, es zu schaffen. Sabah hatte all das und konnte auf ein soziales und mediales Netzwerk setzen, das sie unterstützte. Und: Sie passte in die Zeit.

Mit Hilfe der Salonfrauen gelang es ihr, Peter Helderberg auszustechen. Auf *Globus online* erschienen zeitgleich zwei Texte, zum einen ein Interview mit Sabah, in dem sie sich offen zu Sexismus und Benachteiligung äußerte, und zum anderen ein Porträt des Konkurrenten. Unter der Überschrift »Der Mann von gestern« wurde sehr detailliert erklärt, warum Helderberg für die Kandidatur ungeeignet war. Es gab zwar ein paar böse Zuschriften, weil der Artikel angeblich manipulativ war, aber diese Leser hatten nur noch nicht verstanden, dass es doch um eine große wichtige Sache ging, nämlich vor allem darum, Vielfalt in der Politik zu fördern. Denn wie gut würde alles erst werden, wenn Sabah die Macht übernähme. Eine Frau. Eine Migrantin. Eine Muslima. Was für ein Zeichen. Was für Möglichkeiten. Deutschland würde ein neues, besseres Land werden. Mitreißend. Gleichberechtigt. Und gerecht.

Es wäre doch nur gerecht, wenn das alte Deutschland endlich merken würde, wer die Arbeit macht. Wer die neue Generation ist. Wen man so lange ausgebeutet hat. Wenn endlich Menschen nicht mehr ausgegrenzt und gegeneinander ausgespielt werden. Dafür wäre eine muslimische Kanzlerin das stärkste Zeichen, das man sich vorstellen kann.

So sieht es Anna, die nicht mehr auf blöde Männersprüche hört. »Lächle doch mal«, sagte ihr Chef immer, wenn sie »so ernst und griesgrämig« schaute. So sieht es Hatice, die lange beruflich nicht weiterkam, bis sie sich eingestehen musste, dass es war, weil sie einen türkischen Hintergrund hat. So sieht es Rania. Die sich über jedes Unrecht aufregt.

Sicher, es gibt auch alte weiße Feministinnen, die das anders sehen, zum Beispiel Gundula Gerst. Die linke Ikone hat erst vor kurzem im Rahmen eines Gastbeitrags für ein bedeutendes Frauenmagazin moniert, der Hijab sei ein Symbol des Patriarchats. Sabah und ihre Verbündeten verachten diese alten weißen Weiber. Sie sind Feindinnen ihrer Sache. Es gilt jetzt, alten Begriffen neue Bedeutungen zu geben, sie mit neuen Inhalten zu füllen. Eine wahre Feministin entscheidet selbst, ob sie einen Hijab trägt oder nicht, sie bestimmt, was Männer sehen können und was nicht. Kann es denn mehr Selbstbestimmung geben?

Der Abend dauert lange. Zu lange eigentlich, denn Sabah muss am nächsten Tag früh raus. Wegen einer kurzen Auslandsreise. Die hoffentlich gute Bilder liefert.

16

Gnadenlos brennt die Sonne auf den schmutzigen Sand. Heißer Wind wirbelt Staub durch die Luft. Das Thermometer im schwarzen SUV zeigt vierunddreißig Grad Celsius an. Entlang der Straße, die aus Tyros im Süden des Libanon in die Berge führt, hängen auffällige Plakate. Grüne arabische Schrift auf gelbem Grund, am oberen Ende geht die Kalligraphie in ein stilisiertes Gewehr über. Es sind Propagandaplakate der Hisbollah.

»Erstaunlich«, sagt Sabah leise und schüttelt den Kopf.

»Was meinen Sie, Sabah?«, fragt der Übersetzer.

»Diese Propaganda überall. Grün ist die Farbe des Islam, der Hoffnung, des Friedens. Grün ist Leben. Und Hisbollah bedeutet Partei Gottes. Aber was die damit verbinden, ist nur furchtbar.«

»Sie kennen die Organisation gut?«

»Nun ja, natürlich.« Sabah weiß, dass die Hisbollah eine radikale schiitische Terrorgruppe ist, die für sich in Anspruch nimmt, in Allahs Willen zu handeln. »Aber ich verstehe sie nicht«, sagt sie.

Ihr Handy klingelt. Es ist Jette. »Endlich erreiche ich dich, Sabah. Hast du die Rede gelesen, die ich dir geschickt habe? Wir brauchen dein Go!«

Sabah kennt das Manuskript, ruhig und konzentriert gibt sie Jette die gewünschten Änderungen durch. Sie ist froh, dass Jette zu Hause die Stellung hält. Auf der Reise durch den

Libanon wird sie nur von einer Sekretärin, einem Übersetzer und einer Handvoll ausgewählter Journalisten begleitet.

Der Libanon. Ein vertrautes Gefühl von Heimat beschleicht Sabah, als sie über die von Schlaglöchern übersäte Straße fahren. Was ist schiefgegangen, fragt sie sich, mit diesem Land, einem der diversesten der Welt? Wie konnte dieser Staat nur derart scheitern? Der Libanon hatte doch alle Voraussetzungen, um zu einem beispielhaften Erfolg zu werden. Christen, Muslime, Drusen, Armenier, Türken. Alle lebten sie gemeinsam in dem Land. Aber anstatt sich zu durchmischen und die Diversität zu feiern, schotteten sich die einzelnen Gruppen ab von den anderen, die Christen lebten im Norden von Beirut und in den Bergen, die Muslime in den trostlosen Gegenden der südlichen Vororte, der Dahiya. Dabei hatte man ein kluges Quotensystem entwickelt, das jeder Gemeinschaft Anspruch auf bestimmte Posten zugestand. In der Realität funktionierte es leider nicht. Zum Glück war man in Deutschland auf dem Weg, die Quotenregelungen besser umzusetzen.

Der Wagen hält inmitten einer weiten Ebene. Sabah sieht Hunderte weiße Zelte. Verschleierte Frauen gehen über die sandigen Wege. Männer kauern am Boden und rauchen. Sabah erschrickt. Es schnürt ihr die Kehle zu. Sie hat es selbst erlebt und seither unzählige Bilder von Flüchtlingslagern gesehen, und doch trifft es sie ganz unvorbereitet. Sie ist wieder das kleine Mädchen, das in einem Zelt auf dem Boden kauert. Sie kann nicht einschlafen, weil die Ratten kommen. Sie beißen Kinder in die nackten Ärmchen und Beinchen. Die Mutter legt den Arm um sie, aber die Angst vor der Nacht bleibt. Wie die Scham. Sabah muss zusehen, wie die Eltern mit Hunderten anderen um ein paar Bissen Essen drängen, betteln, die Arme nach oben gereckt. »Please, please!« Ein paar wenige englische Wörter können sie. »Please« und »Help« und manchmal auch »Thank you«. Welches Kind erträgt es, seine Eltern so zu sehen? Wer kann diese Bilder je vergessen? Sabah hat sie in eine Schublade gesteckt, all die Jahre. Jetzt trifft es sie mit der ganzen Wucht.

Ein stürmisch gestikulierender Mann kommt auf sie zu. Es ist Ali Rausch, der Leiter des deutschen Camps, einem der größten im Libanon. Ali hat lange um Sabahs Besuch geworben. Er kennt ihre Geschichte und will Bilder machen von der Spitzenpolitikerin mit syrischen Wurzeln in seinem Lager. »Sabah, hierher!«, schreit er gegen den Lärm der Kinder an, die zwischen den Zelten hindurchjagen. Er winkt sie zu sich.

Sofort ist die Kanzlerkandidatin von Kindern umringt. Sie sprechen Arabisch auf sie ein, zerren an ihren Kleidern. Auch wenn sie sehr gut Arabisch spricht, kommt sie überhaupt nicht mit, die Kinder plappern so wild durcheinander. Der Übersetzer hilft ihr. »Sie erzählen von ihren Träumen. Von Europa. Manche haben die Flucht gewagt. Mit kleinen Booten. Erfolglos.«

»Sie wurden zurückgeschickt?«

»Ja. Leider.«

Sabah wendet sich an ein etwa sechsjähriges Mädchen, das sich fest an ihre Beine schmiegt. Sabah kniet sich zu ihr nieder. »Große böse Polizisten mit einem gelben Abzeichen, einem Sternenkranz auf blauem Grund. Sie haben uns abgewiesen. So kamen wir hierhin.«

Das Lager ist eine Zwischenwelt, ein Niemandsland zwischen Afrika, dem Nahen Osten und dem Traum vom Westen. Fünf Jahre zuvor begann Deutschland, in ausgewählten Ländern des Nahen Ostens Land zu erwerben, um sichere Fluchtwege, sogenannte Transitzonen, einzurichten. Menschen, die nach Europa wollen, können in den Camps Asyl beantragen. Und die, die bei einem illegalen Fluchtversuch aufgegriffen werden, kommen in die Camps zurück. In Griechenland und Italien haben steigende Flüchtlingszahlen immer wieder zu politischen Krisen geführt, aus denen rechte Parteien als Gewinner hervorgingen, und eine gesamteuropäische Lösung wurde unvorstellbar. So hat sich die Bundesregierung nach dem historischen EU-Gipfel vor drei Jahren zum Alleingang entschieden. In den Camps gelten europäische Standards und Rechte, nur deutsche Beamte sind im Einsatz, so sieht es die Vereinbarung mit den jeweiligen örtlichen Behörden vor. Und die sind froh, dass ihnen die Arbeit abgenommen wird. Der gesamte Nahe Osten – mit Ausnahme Israels – steht vor der Implosion: Überall sitzen Diktatoren fest im Sattel und überwachen und unterdrücken das Volk. Junge Menschen ohne jegliche Perspektive in der Heimat versuchen mit allen Mitteln zu entkommen. Manche legal, viele illegal.

Ali führt Sabah durch das Lager. Die Geflüchteten haben Deutschlandfahnen und Bilder der Bundeskanzlerin aufgehängt. Manche tragen T-Shirts mit dem Aufdruck einer schwarz-rot-goldenen Friedenstaube. »Komm, sieh dir unsere Schule an«, sagt Ali. »Die Kinder haben deine Biographie gelesen und aufgeschrieben, was sie einmal werden möchten, wenn sie nicht mehr hier leben müssen.«

Meine Biographie, denkt Sabah. Echt? Das fühlt sich alles gerade unwirklich weit weg an. Berlin, der Wahlkampf. Noch zwei Monate bis zur Wahl. Noch eine Woche bis zum Fernsehduell, das den entscheidenden Ausschlag geben könnte. Und sie? Geht durch ein heißes Flüchtlingslager im Libanon, gefolgt von Kindern und Journalisten.

Im Anschluss trifft Sabah eine Gruppe von neunzig Kindern und Jugendlichen, die darauf warten, noch an diesem Tag nach Deutschland geflogen zu werden. »Sie bekommen die Chance auf ein neues Leben«, sagt Ali Rausch. »Dank der Luftbrücke. So heißt unser Rettungsprogramm, du kennst es ja, es ermöglicht jeden Monat insgesamt fünftausend Menschen aus den acht deutschen Lagern entlang der südöstlichen Mittelmeerküste, nach Deutschland ausgeflogen zu werden.«

Sabah zeigt sich beeindruckt von der großen Zahl. Aber sie ist mit den Gedanken immer noch bei der kleinen Sabah und ihren Eltern. »Wir haben ein neues Prüfverfahren implementiert«, hört Sabah Ali sagen, »es ist wesentlich einfacher als das strenge, langwierige der EU. Menschen, die wegen einer Straftat verurteilt worden sind oder die Mitglieder – oder auch nur Anhänger – einer Terrorgruppe sind, werden nicht ausgeflogen. Seit dem Start der Luftbrücke musste die Klausel allerdings erst wenige Male angewandt werden.«

Ali stellt Sabah den jungen Flüchtlingen vor. Lauter aufgeregte Menschen, denen die Hoffnung buchstäblich ins Gesicht geschrieben steht. Sie haben viele Fragen zu Deutschland – zu den Gesetzen, zu den Möglichkeiten, aber auch zu den Deutschen selbst. Während des Gesprächs mit den jungen Menschen spürt Sabah, wie allmählich Stolz in ihr aufkommt. Darauf, dass Deutschland zu einem linken Leuchtfeuer in einer Welt der rechten Populisten geworden ist. Sie hat ja auch einen nicht unerheblichen Anteil daran, dass es dazu gekommen ist! Sie denkt an ihre Anfänge im Innenministerium.

Als sie zu seinem Team stieß, stand Gerhard Reuter, ihr Chef, einsam auf verlorenem Posten: Frankreich wurde schon jahrelang von dem rechtsextremen Rassemblement National regiert. Deutschlands Nachbarstaat hat die EU-Zahlungen um dreißig Prozent reduziert und mit einem Referendum über den möglichen Austritt gedroht, falls die Maßnahme nicht angenommen würde. Die Forderungen wurden anstandslos akzeptiert. Deutschland, Finnland und Luxemburg zahlen seitdem mehr ein. Damit nicht genug, seit einigen Monaten will Frankreich außerdem die Personenfreizügigkeit einschränken. In Österreich ein ähnliches Bild. Die rechte FPÖ drohte damit, Zäune entlang der Landesgrenze zu errichten, sollte die EU nicht unerbittlich gegen Migration vorgehen. Eine Maßnahme, die die rechte Regierung in Dänemark zu dem Zeitpunkt längst umgesetzt hatte. In den Niederlanden war eine Mitte-rechts-Koalition, angeführt von der Anti-Islam-Partei, an der Macht, während die Visegrád-Staaten in Osteuropa sich zur migrantenfreien Zone erklärt haben und seither dabei sind, die slawische Kultur und den christlichen Glauben wieder zu stärken.

Rechte und Rechtsextreme, wohin Gerhard Reuter bei dem Gipfel der EU-Innenminister auch blickte. Sein einziges Druckmittel war das Geld. »Wir müssen doch realistisch bleiben, meine Damen und Herren, und so leid es mir tut, wer gegen fundamentale Prinzipien der Menschlichkeit verstößt, der kann von Deutschland keine finanzielle Unterstützung erwarten«, schmetterte er den Kollegen entgegen. Reuter brauchte die Zustimmung der charakterlosen Politiker unbedingt, um die für Deutschland so wichtigen Projekte voranzutreiben: die grüne Revolution, Finanzmarktsteuern, die internationale Charta der Diversität. Wenn er all das umsetzen wollte, mussten alle Mitglieder an einem Strang ziehen. Doch die zeigten sich unbeeindruckt. Geld war als Druckmittel nicht mehr so bedeutend, wie es einmal war.

Sabah erinnert sich daran, wie sie mit Reuter zum ersten Mal in Brüssel war. Nach dem ersten Gipfeltag saßen sie in einem edlen Restaurant direkt an der Grand-Place. Reuter sah müde und abgekämpft aus. Sabah trug eine rubinrote Robe und dunkelroten Lippenstift. Sie stützte ihre Ellbogen auf den Tisch und spielte mit den goldenen Armreifen, während sie sich zu Reuter beugte, um dem, was sie sagte, Nachdruck zu verleihen. »Deutschland muss standhalten«, drängte sie ihn, »und Menschlichkeit an erste Stelle setzen. Die Grenzen zu schließen, kommt nicht infrage.«

Als Kind von Geflüchteten konnte sie das Leid der vielen nachempfinden und wollte ihnen die gleiche Hilfe gewähren, die sie vor einem Leben in Armut gerettet hatte. Aber diese Verve, diese Leidenschaft für die Aufnahme von Migranten gingen noch auf etwas anderes zurück, auf ein unersättliches Verlangen nach Macht und Geld. Sie musste etwas gutmachen. Denn das Leben war doch im Grunde nichts als eine Rechnung von Saldo und Haben, von Plus und Minus. Sie, die sie tief im Minus beginnen und lange tief im Minus leben musste, hatte doch nun ein Anrecht, diese negative Bilanz mit Guthaben zu füllen und auszugleichen. War das nicht gerecht? Sie hat mehr gelitten, mehr gekämpft, mehr erduldet als all die reichen Deutschen, die in Sicherheit geboren und in Wohlstand aufgewachsen waren. Es ging ihr darum, die kleine Sabah, die so einen unglücklichen Start erleben musste, endlich glücklich zu machen. Teure Kleider, goldene Armreife, auffälliger Lippenstift und ein einflussreicher Posten. Begehrenswert und unabhängig sein. All das sollte helfen, ihre Bilanz auszugleichen, sodass auch die kleine Sabah endlich einmal – zum ersten Mal – lächeln durfte.

Reuter lehnte sich zurück und atmete tief aus. Migration, Flucht, diese schweren Themen mit so vielen kulturellen Befindlichkeiten und religiösen Hintergründen. Das war nicht seine Welt. Er fühlte sich auf den sicheren Ebenen der öffentlichen Verwaltung wohl. Da, wo klare Regeln herrschten, wenig Emotionen. Es gab Vorschriften, und wenn sich alle daran hielten, war es in Ordnung. Ja, das war vielleicht trocken, aber diese Gefühligkeiten verwirrten ihn. Er würde sich in dieser Sache am besten auf Sabahs Kenntnisse verlassen.

»Warum driftet die arabische Welt seit Jahren immer tiefer ins Chaos ab? Liegt es an der Religion, Sabah? Wie die EU-Kollegen behaupten?«

»Nein, Gerhard! Das ist doch ein Argument der Rechten, um Muslim:innen zu unterdrücken und die arabische Welt schwach zu halten. Der Westen trägt die Schuld an dem Chaos, die Briten, die in Palästina herrschten, die Franzosen in Algerien, in Mali und so weiter! Sie haben die Araber:innen ausgebeutet, geknechtet, abgeschlachtet, haben die Rohstoffe und alles, was von Wert ist, geraubt. Das wirkt doch bis heute fort! Deutschland hat – wie alle anderen westlichen Länder – eine besondere Schuld. Diese Doktrin der Überlegenheit, wie ich sie hasse! Deutschland muss besser sein! Nenn es meinetwegen Verantwortung.«

Sabah wusste, dass das nicht stimmte, dass es nur die halbe Wahrheit war. Sie kannte die Konflikte in der arabischen Welt, die innerislamischen Feindschaften, die es genauso gegeben hätte und immer noch gäbe, auch wenn die europäischen Großmächte die Welt nicht kolonisiert hätten. Der Westen wäre politisch, wirtschaftlich und gesellschaftlich trotzdem weiter, davon war sie überzeugt. Es war ihr Drang nach Gerechtigkeit, der sie die Wahrheit ausblenden ließ. Die Menschen in den arabischen Ländern, die nicht in schönen Häusern wohnten, auf gute Schulen gingen, in den Urlaub fuhren, die Muslime, die dem Westen so unterlegen waren. Zumindest versuchte sie es sich einzureden. Sich selbst und unzähligen Politikern, Schülern, Journalisten und vielen anderen. Denn sie spürte, dass der eigentliche Grund viel profaner war. Sie brauchte eine Karte, die sie spielen konnte.

»Dann müssen wir es alleine machen«, sagte Reuter. Sabah hatte recht. »Ich spreche mit der Kanzlerin«, sagte er. Was aus der jungen, unsicheren Frau doch geworden ist, dachte er. Quasi aus dem Nichts habe ich sie ins Licht der Öffentlichkeit geholt, auf die Bühne der großen Politik! Natürlich war das alles andere als uneigennützig. Man hatte ihn beraten, drängte ihn, dass er und die Partei junge Migranten fördern sollten. Die demographische Entwicklung ließ keinen Zweifel: Das war die Mehrheit der zukünftigen Wähler. Reuter selbst fand den gesellschaftlichen Wandel alles andere als so positiv, wie man es ihm in den Mund legte, aber er war Karrierist und verstand, dass er die Entwicklung nicht aufhalten konnte. Ihm graute bei der Vorstellung, Migrantenverbände könnten seinen Karriereweg versperren, weil er ein alter weißer Mann war. Es gab nur eine Lösung: Er musste als Schutzpatron der Migranten auftreten und möglichst viele Posten um ihn herum mit jungen, diversen, muslimischen, weiblichen Personen mit Vielfaltsmerkmal besetzen. Sabah lernte er bei einer Podiumsdiskussion kennen, und als er sie ein paar Monate danach bat, den neuen Posten zu übernehmen, war sie nur eine von vielen Migrantinnen, die er zu sich holte. Aber nur sie sah offenbar die Möglichkeiten, die sich ihr boten, und entwickelte einen ungezügelten Ehrgeiz.

Wenige Wochen später startete die Bundesregierung die Luftbrücke. Viele Kommunen erklärten sich sofort bereit, Migranten im Rahmen des Projekts aufzunehmen, die meisten im alten Westdeutschland, darunter viele Städte, die selbst große soziale Probleme haben. Wie Offenbach am Main, das seit dem Start der Aktion mehr als achtzehntausend Geflüchtete aufnahm, inzwischen gut fünfzehn Prozent der Einwohner.

Sabah winkt den jungen Flüchtlingen zum Abschied hinterher und schaut zu, wie sie zum Rollfeld geführt werden. In wenigen Stunden würden sie in Deutschland sein, in ihrem Deutschland! Als die Gangway weggefahren wird, bricht Unruhe aus. Eine kleine Gruppe Zurückgebliebener versucht, die Absperrungen zu durchbrechen, um zum Flugzeug zu gelangen. Sicherheitskräfte stellen sich ihnen in den Weg. Ali Rausch ruft: »Aber Kinder. Geduld, Geduld! Ihr seid doch auch bald an der Reihe!«

Sabahs Handy klingelt. »Jette. Was gibt's?«

Diesmal ist die Büroleiterin weniger gut gelaunt. »Sabah, gerade war ein Reporter hier. Die recherchieren wegen Hamza. Der Typ hat mir Hamzas Vorstrafenregister vor die Nase gehalten! Sie haben offenbar zwei ehemalige Clanmitglieder, die auspacken wollen. Wo immer das herkommt, Sabah, das ist eine Katastrophe!«

Sabah nickt. Die Journalisten haben ihn sofort registriert. Den Schrecken im sonst so perfekten Gesicht der Kandidatin. Vor dem weißen Zelt, wo die Verwaltung des Flüchtlingslagers untergebracht ist, warten die Fotografen. Jetzt lächelt Sabah wieder. Eben hat sie noch schnell getwittert: »Auch hier muss Europa für seine Werte einstehen.« Sie braucht diese Bilder, sie braucht jede Stimme. Aber einen kriminellen Bruder braucht sie nicht.

Ein Reporter fragt nach Sabahs Erinnerungen an den Libanon und danach, was diese Reise in ihr auslöst. Jetzt bloß keine Schwäche zeigen, sie zieht die Schultern ein wenig nach hinten, reckt das Kinn nach oben. Sabah antwortet sachlich, spricht wie immer von der Dankbarkeit gegenüber der Gesellschaft zu Hause in Deutschland.

»Wenn ich daran denke, spüre ich eine klare Verantwortung, mich in Krisenregionen für den Frieden einzusetzen. Wissen Sie, es ist ganz einfach. Ich fühle mich den europäischen Werten verpflichtet. Konkret heißt das: Wir müssen das Kontingent an Geflüchteten erhöhen, die sicher und schnell nach Deutschland kommen. Nach der Wahl wird unser monatliches Ziel bei mindestens zehntausend Menschen liegen. Darüber hinaus müssen wir immer noch mehr tun, um die Länder des globalen Südens zu stabilisieren und zu unterstützen.«

Ein YouTuber ruft: »Seit Jahrzehnten gibt es Unterstützung für diese Länder. Offensichtlich hat sie bisher zu nichts geführt. Können Sie mir sagen, warum nicht, und wie soll sich das ändern?«

»Weil unser Blick auf die Probleme zu westlich ist. Wir müssen mehr Eigenverantwortung vor Ort fördern und das nötige Geld bereitstellen«, sagt Sabah überzeugend.

Es ist still, ein paar Sekunden lang. Dann drängt sich Jonas Klagenfurt nach vorne. Er ist gerade erst dazugestoßen, hat bis eben zu der Sache der anonym zugeschickten Unterlagen recherchiert. Sabah als Kind im Libanon, in einem Freizeitpark der Hisbollah!

»Jonas Klagenfurt, *AKUT*. Frau Hussein, was sagt Ihnen das Wort Mleeta?«

Sabah zögert, vielleicht einen kleinen Moment zu lange. Ist sie überrascht? Aus der Fassung?

»Mleeta«, sagt sie, »das ist – wenn ich richtig informiert bin – ein Ort, an dem Kindern beigebracht wird, die jüdischen Schwestern und Brüder und Israel zu hassen. Etwas, das mit meinen Überzeugungen nicht im Einklang steht.«

Schon wieder wird in ihrer Vergangenheit gewühlt. Zuerst Hamza, jetzt Mleeta. Was war denn da los? Wie haben die Journalisten davon erfahren, fragt sie sich. Das konnte man nicht recherchieren, das muss ihnen jemand gesteckt haben.

Sabah versucht, das Pressebriefing elegant zu beenden, damit niemand bemerkt, wie aufgewühlt sie ist. »Ich würde gerne ein Glas Wasser trinken«, sagt sie, »es ist ziemlich heiß.« Sie dreht sich um und geht zielstrebig auf eins der Zelte zu. Sie greift zum Handy, den Rücken den Journalisten und der Delegation zugekehrt. Sie telefoniert lange, schaut ernst. Blickt ein paarmal kurz zu der deutschen Delegation hinüber. Sie fühlt sich beobachtet.

Sie hat Angst.

17

Es ist 05:30 Uhr. Sabah sitzt in der Lounge des *Morgenjournals* und wartet auf ihren Auftritt. Mitten in der Nacht ist sie aus dem Libanon zurückgekehrt, hat vielleicht zwei Stunden geschlafen. Trotz des Make-ups sind die dunklen Ringe unter den geröteten Augen gut erkennbar.

»Ich könnte Ihnen etwas Berberil geben«, sagt die Maskenbildnerin. »Wenn Sie es sich in die Augen träufeln, verschwindet die Rötung, und Sie wirken hellwach.«

Gerade spricht die Moderatorin mit der Rapperin BooB Dash über ihren neuen Song *Kill All the Whites!*. Die schwarze Künstlerin erzählt von ihrem Aufstieg aus bitterer Armut und davon, wie die Prostitution sie empowert hat. »Mit sechzehn bin ich zum ersten Mal auf den Strich gegangen. Da habe ich gelernt, selbstbestimmt mit meinem Körper umzugehen.«

»Sind Sie Feministin?«

»Was für eine Frage. Hundert Prozent!«

»In Ihrem Song rappen Sie, ich zitiere, ›Ich scheiß auf eure Schulen‹. Wie meinen Sie das, halten Sie es nicht für wichtig, dass man etwas lernt für seine Zukunft?«

»Nee, ich brauche doch keine Bildung. Die beste Entscheidung meines Lebens war, dass ich meine Brüste habe vergrößern lassen. Das hat mir mehr gebracht als jedes Buch, glauben Sie mir.«

Die Moderatorin blendet Videoclips von Jugendlichen

ein. »Ich will so werden wie du!« und »Du bist mein Vorbild«, sagen sie auf TikTok. Einige wackeln mit den Brüsten oder dem Hintern in die Kamera und lachen. Sie ahmen ihr Idol nach. Das Vermögen von BooB Dash wird auf mindestens fünfzehn Millionen Euro geschätzt.

Anna Soll sitzt neben BooB Dash auf der Couch. Sie darf als bekannte Feministin eine Einschätzung geben. »Ich halte diese Wut für richtig. Man hat immer von uns erwartet, dass wir höflich sind, dass wir ja nichts Böses sagen oder tun. Das ist jetzt vorbei. Nur aggressives Niederringen des weißen Patriarchats bringt uns weiter.«

Die Moderatorin verabschiedet sich von den Gästen und blickt in die Kamera. »Vor ein paar Stunden ist Sabah Hussein aus dem Libanon zurückgekehrt. Ich werde mich mit Deutschlands bekanntester Muslima und Kanzlerkandidatin über diese Reise und ihren Besuch in einem Flüchtlingscamp unterhalten. Bleiben Sie dran, es wird spannend. Nach einer kurzen Pause geht es weiter.«

Es folgt ein Clip des Ministeriums für Gerechtigkeit. Man sieht junge weiße Menschen, die in Gärten spielen, die gut gekleidet in ordentlichen Schulen sitzen. »Du bist privilegiert aufgewachsen? Deine Eltern waren Lehrer:innen oder Angestellte? Ihr hattet ein Auto, eine eigene Wohnung oder ein eigenes Haus? Du konntest studieren, hast wegen deiner Hautfarbe oder deines Glaubens keine Diskriminierung erlebt und schnell Arbeit gefunden? Denk dran, diese Privilegien haben schwarze Menschen und Muslim:innen nicht. Deshalb: Handle jetzt! Sei ein:e gute:r Antirassist:in und gib einem von Diskriminierung betroffenen Menschen deinen Arbeitsplatz!«

Sabah spricht im *Morgenjournal* mit der Moderatorin über ihre Begegnung mit den Flüchtlingen im Libanon. Jette hat wie immer alles perfekt organisiert, denkt sie. Erst die Reise und direkt im Anschluss die mediale Verwertung. »Wenn du unangreifbar sein willst, zeig dich mit Kindern«, sagte Jette. Sie hatte recht. Kinder gehen immer. Noch ahnt Sabah nichts von dem aufziehenden Sturm.

»In der aktuellen Situation ist es eminent wichtig, dass wir im Kampf gegen den rechten Hass zusammenstehen. Das ist und bleibt meine Mission. Es kann nicht sein, dass die Welt weiter so ungerecht bleibt, wie sie heute ist«, sagt sie energisch.

»Vielen Dank, Sabah Hussein, für diese Worte und alles Gute für Ihren weiteren Weg!«, sagt die Moderatorin zum Abschluss. Die Kamera schwenkt weg, Sabah steht auf, schaltet das Handy ein. Auf dem Display erscheinen unzählige Nachrichten und verpasste Anrufe.

Es klingelt. Es ist Jette.

Im Anschluss an das Interview läuft Werbung über den Bildschirm. Beeindruckende grüne Berge und Täler, stahlblauer Himmel, exotische Altstädte, frisches asiatisches Essen, lachende Kinder, die Drachen steigen lassen, alles unterlegt von sphärischen Holzflötenklängen. »Visit Taiwan! It's magic.« Nach der gewaltsamen Annexion der Insel buhlt die Regierung in Peking jetzt aggressiv um Touristen. Weil die Bundesregierung trotz größter Bemühungen die Übernahme von deutschlandweb.de durch China nicht verhindern konnte, sind die Propagandaclips allgegenwärtig.

Jonas Klagenfurt sitzt in seinem Büro im gläsernen Redaktionshochhaus von *AKUT*. Er hält einen Kaffeebecher in den Händen, stützt sich mit den Ellbogen auf dem Schreibtisch auf und verfolgt das *Morgenjournal*. Er hat wieder anonyme Post erhalten, diesmal sind es Abzüge eines fotografierten Handydisplays. Auf einem Bild ist ein schickes Hochhaus in der Sonne zu sehen. Helle Farben, mediterrane Stimmung. Auf einem anderen Bild eine luxuriöse Wohnung, viel Glas, Sichtbeton, Ausblick auf das azurblaue Meer. Dann ein Mercedes-Cabrio mit französischem Kennzeichen, darin Sabah mit einer Sonnenbrille, das schwarze Haar im Wind, ein breites gelöstes Lachen.

Die Skyline im Hintergrund der Bilder ist leicht auszumachen, Klagenfurt braucht dafür lediglich ein paar Minuten. Sabah Hussein in Monaco. Klagenfurt klickt sich durch Immobilienseiten, um zu sehen, was eine vergleichbare Wohnung in der Luxusenklave an der Côte d'Azur etwa kostet. Er staunt nicht schlecht. Der Quadratmeter liegt im Durchschnitt bei fünfzigtausend Euro. Ob die Wohnung der Kanzlerkandidatin gehört? Klagenfurt schätzt sie auf etwa hundert, hundertzwanzig Quadratmeter. Sie ist mindestens fünf Millionen Euro wert. Und das Cabrio?

Aus seinem Büro im zehnten Stock hat Klagenfurt einen hervorragenden Blick über Berlin. Er blinzelt in die Sonne. Sein Entschluss ist gefasst. Heute würde er die Bombe platzen lassen. Er steht auf und eilt zur Morgenkonferenz. Er ist spät dran.

»Das können wir nicht machen, Jonas. Das ist viel zu spekulativ«, sagt der Kollege aus der Bildredaktion.

»Hat uns das bisher abgehalten, eine heiße Geschichte zu machen?«

»Nein, aber in diesem Fall kann das schnell so verstanden werden, dass wir uns Verleumdungsversuchen gegen Sabah Hussein anschließen. Oder, was irgendwie noch schlimmer wäre, darauf reinfallen.«

»Ganz ehrlich, Rassismusvorwürfe überleben wir nicht. Das ist doch offensichtlich, dass hier jemand die Hoffnung der ÖP beschädigen will.«

»Ja, und? Das gibt es auch bei anderen Informationen, die man uns zuspielt. Und trotzdem gehen wir dem nach!«

Der Chefredakteur ergreift das Wort. »Mir reichen die Bilder. Das ist stark. Aber wir müssen ihr die Gelegenheit geben, etwas dazu zu sagen. Frist: dreißig Minuten.«

Sabah ist aus dem Studio raus, spricht noch immer mit Jette. Sie ist aufgewühlt. »Aber ... Was ist denn da los?«

»Ich weiß gar nicht, wo ich anfangen soll«, sagt Jette atemlos. »Es gibt verschiedene Anfragen. Es geht um dieses Mleeta, zu dem Klagenfurt dich im Libanon schon gegrillt hat, außerdem zu Fadi, ja was soll ich sagen, und zu Hamza und seinen Vorstrafen und um eine teure Wohnung in Monaco? Die wollen sofort ein Statement von uns, Sabah, die wollen das heute noch bringen!«

»Lass uns das direkt besprechen. Ich fahre jetzt los, bin gleich da.«

Es sind nur fünf Minuten bis zum Büro. Sie checkt das Handy, da sind schon die ersten Nachrichten. *AKUT* bringt zuoberst auf der Website die Schlagzeile »Antisemitismus-Verdacht! Was macht Sabah Hussein an diesem Ort?«

Und dann ist es überall. Die Online-Meute stürzt sich darauf, Tweets von Anhängern der ZfD machen die Runde, die rechten Trolle toben auf Instagram. Die Bilder aus Mleeta und Monaco werden tausendfach geteilt. Bei Clubhouse wird bereits darüber diskutiert, ob Sabah zurücktreten muss. #monacogate ist der Toptrend bei Twitter. Häme und Hetze auf allen Kanälen.

Sie eilt die Treppe hinauf, das Handy am Ohr, sie telefoniert mit der Parteispitze, sie legt auf und wählt eine neue Nummer, spricht, legt auf, wählt wieder Nummern.

»Das kommt definitiv von rechts! Die wollen mich kaputtmachen!« Sie hört zu und nickt, sagt »Okay« und legt auf.

Sie hat die Partei hinter sich. Auf dem Handy tobt der Hass-Tsunami, türmt sich immer weiter auf, fegt über sie hinweg.

Es ist still in ihrem Büro, ganz still. Wie schlimm kann das noch werden?

»Jetzt! Jetzt ist es auf der Seite!«, ruft Jette endlich aus dem Nebenraum.

Auf *Globus online* schreibt Anna Soll unter dem Titel »Kampagne gegen Sabah Hussein«: »Es war klar, dass es so kommen würde. Antisemitismus, die Keule, die von weißen Deutschen gegen Muslim:innen immer wieder geschwungen wird, wenn die Argumente fehlen! Sabah Hussein verkörpert das moderne weltoffene Deutschland. Sabah Hussein ist auf der Überholspur. Den reaktionären Kräften gefällt das nicht. Mit Dreck und billigen Vorwürfen werfen sie nach der Kanzlerkandidatin, in der verzweifelten Hoffnung, sie zu beschädigen. Man kann schon fragen: Sind die Aufnahmen echt? Und selbst wenn? Wir sollten darüber sprechen, warum der Hass auf Israel im Süden des Libanon so groß ist, dass man Kinder indoktriniert. Die Ursache dafür ist doch Israels aggressive Politik! Eins ist klar: Sabah Hussein ist keine Antisemitin, die Vorwürfe gegen sie sind haltlos. Die Schmutzkampagne soll die große Politikhoffnung unserer Zeit zu Fall bringen. Aber das dürfen wir nicht zulassen!«

Rania Hamami teilt den Artikel sofort. Ihre Reichweite in den sozialen Netzwerken ist maximal. Antifaschistische und antirassistische Organisationen ziehen nach mit dem Hashtag #wirsindeins. Die ÖP twittert, sie stehe ohne Wenn und Aber hinter ihrer Kandidatin und verurteile den schäbigen Versuch, sie zu beschädigen.

Und Hatice kommentiert: »#monacogate. Ein paar Bilder der Kanzlerkandidatin an einem Ort der Reichen und Schönen reichen aus, und schon kommt es ans Licht, das hässliche Gesicht der deutschen Neidkultur. Anstatt stolz zu sein, dass es eine Frau nach oben geschafft hat, die unter schwierigsten Bedingungen aufgewachsen ist und regelmäßig zum Ziel heftiger diskriminierender Attacken wird, giften und pesten die deutschen Philister in einer Tour. Ja, da ist eine Spitzenpolitikerin, die diese Bezeichnung wirklich verdient, die es aus eigener Kraft geschafft hat und die genug Geld verdient. Lassen wir sie doch! Überhaupt, messen wir nicht mit zweierlei Maß? Männer gelten als tolle Alphatiere, als mächtige Vorbilder, wenn sie mit dicken Autos posieren und ihre Reichtümer zur Schau stellen. Bei einer Frau tobt der Mob. Das ist verlogen! Frauenfeindlich! Falsch! Sabah Hussein verdient unsere Unterstützung!«

Jetzt twittert Sabah selbst: »Die Attacken gegen mich machen mich traurig. Aber die große Unterstützung zeigt mir: Wir sind die Mehrheit. Wir werden die Mehrheit sein. Und ich kämpfe weiter! #opensociety #monacogate #mleeta #wirsindeins #diversity.«

Die Affäre ist Topthema auf allen Seiten, bei Clubhouse, auf YouTube. Noch am selben Tag gibt es eine Blitzumfrage, wie sich der Vorfall auf die Umfragewerte von Sabah auswirkt. Bei den weißen Deutschen fällt sie noch weiter zurück, um acht Prozent sind ihre Werte binnen kurzer Zeit abgerutscht. Bei den Menschen mit Vielfaltsmerkmal und bei den ausländischen Einwohnern mit Wahlberechtigung bleibt sie stabil. Und bei den muslimischen Wählern hat sie sogar um sieben Prozent zugelegt.

»Die migrantischen Wähler:innen, vor allem die Muslim:innen, interessieren sich nicht für ›antisemitische‹ Bilder oder Fotos aus Monaco. Sie identifizieren sich mit der Kanzlerkandidatin. Die Community ist ihr treu, egal ob an diesen Vorwürfen etwas dran ist oder nicht. Sie machen die Mehrheit der Wähler:innenstimmen aus. Darum kann man ein klares Fazit ziehen: eins zu null für Sabah Hussein in dieser Affäre!«, sagt ein Experte auf YouTube.

Nach der letzten Krisensitzung schlägt Sabah die Tür hinter ihren Mitarbeitern zu und lehnt sich erschöpft mit dem Rücken an die Tür, atmet tief aus und spürt, wie die Spannung, unter der ihr Körper den ganzen Tag gestanden hat, allmählich nachlässt. Das Schlimmste scheint abgewendet, und doch: Wer spielt ihr so übel mit? Dieser Klagenfurt ist hinter ihr her und damit auch *AKUT*. Aber jemand muss ihnen die Aufnahmen gesteckt haben. Wer? Und was kann noch folgen?

Sabah geht zum Fenster und betrachtet den blutroten Sonnenuntergang. Zum Glück kann sie auf ihr Netzwerk bauen. Und darauf, dass sie so schwer angreifbar ist. Das schützt sie. Denn wer will schon der Schurke sein, der eine junge, aufstrebende, gut aussehende muslimische Hoffnungsträgerin durch den Dreck zieht und damit den Rechten in die Hände spielt?

18

Am nächsten Morgen ist Sabah um 7 Uhr im Büro, um die Termine des vor ihr liegenden Tages durchzugehen. Aber bald verlässt sie die Parteizentrale wieder und steigt in den Dienstwagen. Vor dem Gebäude steht eine Gruppe junger Menschen, sie demonstrieren für Sabah. »Wir glauben an dich« steht auf einem Plakat, »You rock, Sabah!« auf einem anderen. Sabah ist die Erschöpfung anzusehen. Wie gut, dass zunächst ein willkommener Punkt auf dem Programm steht, eine interreligiöse Zeremonie in der Heilig-Kreuz-Kirche in Berlin-Kreuzberg.

Am Eingang der Kirche steht Pastor Lemke. Er wird von einem YouTuber interviewt, der ihm ein kleines Mikrophon vor das Gesicht hält. Man sieht dem Pastor die gute Laune an.

»Ja, gewiss, ich freue mich sehr! Heute ist ein guter Tag, heute beten wir gemeinsam, heute ist meine Kirche ein Ort des gemeinschaftlichen Lebens«, sagt Pastor Lemke. »Noch vorgestern wurde hier der Indie-Pop-Move gefeiert. Es war verrückt, es waren an die tausend Menschen da, sie tanzten bis in die Morgenstunden. Auch eine schöne Sache, aber das heute erfüllt mich mit Kraft, mit Dankbarkeit.«

In den sozialen Medien sind Bilder von dem Event zu sehen. Eine junge Frau, bauchfrei mit pinkfarbenem Top und Netzstrümpfen, steht auf dem Altar und reißt die Arme hoch. Ein Mann tanzt vor dem Kreuz, die Arme hat er hinter dem Nacken verschränkt, er streckt die Zunge raus.

Ende des zwanzigsten Jahrhunderts begann man damit, die Kirchen für weltliche Veranstaltungen zu nutzen. Die Gemeinden verloren Mitglieder und sahen sich gezwungen, etwas zu tun, um die Gotteshäuser weiter unterhalten zu können.

»Warum haben sich immer mehr Menschen von der Kirche abgewendet?«, fragt der YouTuber.

Pastor Lemke lacht herzlich. »Das haben wir uns auch gefragt! Wir haben es lange nicht verstanden. Wir haben uns doch immer für das Gute eingesetzt. Menschen mit eigenen Flüchtlingsbooten gerettet, Kirchenasylunterkünfte gebaut, wir haben uns von Anfang an aktiv an der Luftbrücke beteiligt und hatten als Erste eine eigene Frauen- und Diversitätsquote. Und nicht nur das! In vielen Kirchen haben wir die Jesus- und Heiligenstatuen durch geschlechts- und herkunftsneutrale Figuren ersetzt. Und weil auch die Darstellung der Gewalt am Kreuz nicht mehr zeitgemäß war und vor allem junge Menschen zu traumatisieren drohte, haben wir den Jesusfiguren statt der Dornenkronen Blumenkränze aufgesetzt und sie auf einfache Sockel gestellt.«

»Und wie hat die Öffentlichkeit reagiert?«

»Nun, Politik und Medien feierten die Kirche für ihr Engagement und ihre Fortschrittlichkeit. Wir hatten alles richtig gemacht. Und doch traten immer mehr Menschen aus der Kirche aus. Es war verrückt, vor allem weil die Freikirchen Zulauf hatten, bis heute haben sie das. Dabei, und das können Sie überall nachlesen, sind es doch gerade die Sekten, die eine befremdliche Gruppenzugehörigkeit konstruieren. Neulich erst habe ich einen kurzen Bericht gesehen über eine kleine neu gegründete Stadt irgendwo in Mecklenburg-Vorpommern. Da wollen sich die Menschen von der Außenwelt abschirmen, mit einer großen Kirche, in der sich eine evangelikale Gemeinde eingerichtet hat. Das ist wirklich verrückt.«

»Und wie gehen Sie damit um?«

»Na ja, den Kirchen sind die Einnahmen weggebrochen. Immer mehr Gotteshäuser drohten zu verfallen. Auch unserer schönen Heilig-Kreuz-Kirche ging es nicht anders. Als wir damit anfingen, den Kirchenraum für Feiern und Veranstaltungen zu vermieten, um wenigstens das Geld für den Unterhalt des Gebäudes zu erwirtschaften, regten sich die älteren Gemeindemitglieder auf. Aber heute ist es ganz normal. Es gehört dazu. Nur als die Veranstalter einer Erotikmesse die Kirche buchen wollten, gab es noch mal eine längere Diskussion, ob man derlei Freizügigkeit in einem Gotteshaus erlauben dürfe. Wir einigten uns auf einen fairen Kompromiss. Sämtliche religiösen Symbole und Darstellungen wurden verdeckt, und die Erotikmesse durfte die Kirche nutzen.«

Pastor Lemke blickt in den Himmel über Berlin. »Wir brauchten das Geld. Es war nicht einfach, glauben Sie mir.«

»Na klar, ist ja auch was anderes. Aber heute freuen Sie sich, das ist Ihnen anzusehen!«

»Ja, mein lieber Freund. Heute findet hier endlich wieder etwas Spirituelles statt, halleluja! Mir war von Anfang an klar, dass es sehr ambitioniert war, nur zwei Tage nach dem Indie-Pop-Move hier eine interreligiöse Feier durchzuführen. Die Kirche musste in nur einem Tag auf Vordermann gebracht werden. Und da war viel Müll! Aber jetzt sieht es doch ganz danach aus, als würde die Zeremonie ein großer Erfolg werden. In diesem Sinne, bitte entschuldigen Sie mich und vielen Dank.«

Pastor Lemke eilt in die proppenvolle Kirche. Die große Politik ist anwesend, viele Medienvertreter. Gül Gezer, Berlins Regierende Bürgermeisterin, sitzt in der ersten Reihe. Pastor Lemke wendet sich den Kirchenbesuchern zu. Er verschränkt die Hände vor der Brust und strahlt.

Seine Idee hat sich am Ende ausgezahlt. Lange hat er mit sich gerungen und darüber nachgedacht, die Kirche in ein interreligiöses Gotteshaus umzufunktionieren, Moschee, Synagoge und Kirche unter einem Dach. Der Berliner Senat hatte ein Förderprogramm für den interreligiösen Dialog aufgestellt. Mittel, die Lemke und seine Gemeinde dringend gebrauchen konnten. Die angefragten muslimischen Gemeinden waren begeistert. Die Muslime stellen seit vier Jahren die größte Glaubensgemeinschaft in Berlin. Und vor allem die jüngste. Für sie war wichtig, dass in der Kirche ein Minbar eingerichtet würde, eine Predigtkanzel. Die jüdische Gemeinde zögerte leider und schlug das Angebot aus.

In der ersten Reihe neben Gül Gezer sitzt der Vertreter der deutschen DITIB-Behörde, Murad Ciller. Er ist stolz, vor kurzem hat die Bundesregierung entschieden, den hiesigen Ableger der türkischen Religionsbehörde mit Steuermitteln institutionell zu fördern. Die Maßnahme soll es der deutschen DITIB ermöglichen, unabhängiger von der Regierung in Ankara zu werden. Neben Ciller sitzt Karim Oueslati, der Vorsitzende der Deutschen Islam-Partei, DIP, die bei den letzten Berliner Senatswahlen acht Prozent der Stimmen erreichte. Auch in der ersten Reihe: Jenny Heidrun, die Vertreterin der Evangelischen Kirche, und Anja Müller-Papst, die Ministerin für Gerechtigkeit.

Sabah trifft als Letzte ein. Sie ist wie immer auffällig gekleidet, ihr dunkelblauer Jumpsuit ist mit zwei Wörtern in goldener arabischer Kalligraphie bedruckt, Salam und Adalah, Frieden und Gerechtigkeit. Wie eine stolze Braut geht sie den Mittelgang hinunter. Das Sonnenlicht fällt durch das

Fenster über dem Eingang direkt auf Sabah und gibt ihr eine fast heilige Aura.

Jetzt erheben sich alle. Zu Beginn des interreligiösen Gottesdienstes wird die Diversity-Hymne gesungen. Von einer kubanischen Musikerin komponiert und von einem kanadischen Autor geschrieben, wurde die Hymne zum ersten Mal während der Eröffnung der Olympischen Sommerspiele in Deutschland von einer voll verschleierten Muslima vorgetragen. Nur die mit Khol geschminkten Augen der jemenitischen Künstlerin Khouloud waren im Lichtkegel auf der Bühne zu sehen. Der Auftritt löste Diskussionen aus, aber die liberale Presse war begeistert. »Deutschland zeigt Weltoffenheit«, titelte der *Globus*.

Die Diversity-Hymne erklingt heute regelmäßig vor großen Veranstaltungen, beispielsweise zur Eröffnung der Bundesliga oder zum jährlichen Karneval. Sie gilt längst als inoffizielle Nationalhymne, denn sie ist für alle da, anders als das Deutschlandlied, das nichtinklusiv ist und auf kulturelle Exklusivität anspielt. Die Menschen in der Kirche erheben sich, die Orgel erklingt, und alle singen:

Come, look at me. What do you see?
A veiled object, neither equal nor free?
Now think about your prejudice
And look beneath the surface –
Where there is a human being
With feelings and desires
Who loves, thrives and inspires!
We may appear different,
But we're all a kind
Of kin! Let's stand together
As one peoplekind.

Diversity, diversity
Is the power that brings us together!
Diversity, diversity
Gives us the strength to be in peace forever.
Diversity, diversity!

Niemand bemerkt die blonde Frau auf der Empore. Sie öffnet eine schwere schwarze Tasche und packt mit größter Sorgfalt ein Präzisionsgewehr aus. Sie legt sich auf den Boden, stützt sich auf die Ellbogen und schiebt den Lauf langsam durch die Stäbe des Geländers. Dann senkt sie die Waffe und lässt den vorderen Teil des Gewehrs geräuschlos auf das Zweibein nieder. Sie legt den Finger an den Abzug, wartet. Ruhig und konzentriert blickt sie durch den Sucher, visiert das Ziel. Sie atmet ein und wieder aus.

Dann drückt sie ab.

19

Tausende Demonstranten schieben sich auf der Straße Unter den Linden hinunter in Richtung Stadtschloss. Der Anschlag hat landesweit eine Protestwelle ausgelöst, immer mehr Städte werden erfasst. Vor allem junge Migranten gehen auf die Straße, um gegen strukturellen Rassismus, rechte Gewalt und rechte Netzwerke in Polizei und Behörden zu demonstrieren. Sit-ins legen den Verkehr komplett lahm. Protestierende sperren die A 7 und die A 9. Sie halten Transparente hoch, auf denen »Gerechtigkeit jetzt!« und »Wir sind Sabah!« steht. Andere blockieren die Eingänge zu Medienunternehmen und Parteizentralen.

Die Attentäterin filmte den Anschlag mit einem 4 K-Livestream-Camcorder und übertrug das Video direkt auf die einschlägigen Seiten im Netz. Von dort verbreitete sich der Mitschnitt rasend schnell, die Compliance-Teams der sozialen Medien versagten einmal mehr, blockierten den mörderischen Inhalt erst, als es bereits viel zu spät war. Als bekannt wurde, dass die Attentäterin eine von Sabah Husseins Sicherheitskräften war, stieg der kollektive Unmut ins Unermessliche. Offenbar hatte sich die Frau während der Diversity-Hymne von ihrer Position entfernt, die Uniform abgestreift, zivile Kleidung angezogen und dann die furchtbare Tat begangen. Es war ein öffentlicher Schock.

Der Protestzug in Berlin-Mitte ist beim Stadtschloss an der Spree angekommen, wo man eine Bühne errichtet hat.

Regenbogenfahnen, Flaggen mit türkischem Halbmond, blonde junge Mädchen, ältere Frauen mit Hijab, sie alle stehen Seite an Seite. Hatice Güler steigt auf die Bühne und ergreift das Mikrophon.

»Liebe Freund:innen, liebe Unterstützer:innen. Ich bin traurig und bewegt! Ich bin traurig, weil unsere Schwester Sabah lebensgefährlich angeschossen wurde. Ich habe eben mit der Familie sprechen können. Sabah liegt noch immer im Koma auf der Intensivstation! Ihr Zustand ist kritisch! Man hat sie fünf Stunden lang operiert. Salamtik, Schwester! Wir alle schicken dir von hier ganz, ganz viel Kraft! Und wir beten für dich!«

Die Menge klatscht. Manche rufen »Salamtik, Sabah!«

»Und ich bin bewegt, weil ich sehe, wie viele von euch hierhergekommen sind! Wir alle sind vereint! Gegen Nazis, gegen rechts, gegen jegliche Form der Ausgrenzung. Wir alle. Gemeinsam!«

Jubel brandet auf.

»Aber ich will nicht lange reden. Denn jetzt kommt eine echte Powerfrau. Ihr kennt sie, ihr liebt sie. Und sie hat eine Message für euch! Ich sage nur: Allahu Akbar! Hier ist – Yasemin Brutal!«

Frenetischer Jubel, Pfiffe, Schreie. Bässe wummern. Laute Rapmusik dröhnt aus den Lautsprechern, Kunstnebel zieht auf. Von der Seite springt eine Frau in einem hautengen türkisblauen Trainingsanzug mit Hoodie auf die Bühne, macht ein paar breitbeinige Schritte, bewegt die Arme im Takt und greift dann zum Mikrophon.

Du Kartoffel, du weiße,
Willst mich anmachen?
Du bist scheiße, ah,

Ich lass mich nicht ankacken
Von Rassisten und Nazis,
Damit das klar ist, ah,
Ich scheiß auf Hegel und Schiller,
Ich hab meine eigenen Vorbilder,
Alter, meine Kultur und Religion.
Was hast du dagegen schon?
Also, halt's Maul, sonst
Hol ich meine Brüder,
Die zieh'n dir einen über.
Ich hol meine Brüder!
Hörst du, ich hol meine Brüder!

Sie tritt aus dem Kunstnebel hervor zum Bühnenrand. »Allahu Akbar, Berlin!«, schreit sie.

Die Menge jubelt und ruft: »Allahu Akbar!«

Yasemin Brutal ist eine der bekanntesten Komikerinnen Deutschlands. Sie macht immer wieder Schlagzeilen mit ihren Aktionen und mit ihrer konsequenten Haltung gegen rechts. Sie mimt die ungehobelte Türkin, die Klartext zu Politik redet und die Öffentlichkeit polarisiert wie kaum eine andere. Am Anfang war sie nur ein Spaßvogel, der mit derben Witzen durch die Medien tingelte. Irgendwann hat sie das Politische entdeckt für ihre Auftritte. Seitdem hat sie sogar das Bundesverdienstkreuz erhalten.

»Hallo, ihr Kanak:innen und Nichtkanak:innen! Was geht ab für eine Scheiße in diesem Land? Nazischeiße! Ich muss kotzen. Allahu Akbar!«

Die Menschen klatschen, schreien.

»Dieser Angriff ist ein Angriff auf uns alle! Ich schwöre bei Allah, das wird nicht ohne Folgen bleiben. Ich will Rache, Gerechtigkeit!«

»Gerechtigkeit! Gerechtigkeit!«, skandiert die Menge.

»Es ist doch ganz normal, dass man irgendwann zu anderen Mitteln greift. Das macht man doch so. Wenn man einem Verbrecher sagt, tu das nicht, und er tut es wieder. Wenn man ihm sagt, klau nicht, und er klaut wieder. Vergewaltige nicht, und er vergewaltigt wieder. Irgendwann muss man dann sagen, Schluss jetzt, wir nehmen dich fest, wir bestrafen dich, wir sperren dich weg! Und, Allahu Akbar, genau da sind wir heute, Schwestern, Brüder! Wir haben ihnen gesagt, diskriminiert uns nicht, und sie haben uns diskriminiert. Wir haben ihnen gesagt, wir wollen gleichberechtigt sein, und sie grenzen uns aus. Wir haben ihnen gesagt, wir wollen mitbestimmen, und sie schießen auf unsere Schwester Sabah! Und deshalb sage ich hier und jetzt, Allahu Akbar, Schluss damit! Keine Kompromisse mehr, keine leeren Worte! Jetzt handeln wir! Wir nehmen uns, was uns zusteht. Wir wollen die Jobs, die Häuser, die Autos! Wir wollen die Macht und die Kontrolle. Damit so was nie wieder passiert!«

»Allahu Akbar!« und »Ja!« und »Genau!«. Applaus, Grölen. »Yasemin Brutal!« und »Schwester!«, rufen viele.

Yasemin Brutal rennt zum Bühnenrand und holt eine schwarz-rot-goldene Flagge hinter einer Box hervor. Sie hält die Fahne vor sich in die Höhe.

»Diese Flagge hat nichts mit mir zu tun! Die steht nicht für mich und meine Werte! Wenn ich sie sehe, dann sehe ich Rassismus, Hass, Nazis. Wo ist da meine Geschichte, mein Beitrag für dieses Land? Diese Flagge ist ein Symbol für Ausgrenzung und Unterdrückung.«

Mit aller Kraft reißt Yasemin Brutal die Flagge in zwei Teile und wirft sie ins Publikum. »Allahu Akbar!«, ruft sie und »Schluss mit dem Hass! Revolution!«.

Die Menge jubelt und klatscht. Plötzlich bricht Unruhe aus. Einige Demonstranten laufen los, dann fliegen Steine und Molotowcocktails. Parkbänke fangen Feuer, die Stimmung kippt. Die Menschen rennen in verschiedene Richtungen.

Sirengeheul ist zu hören, Martinshörner, Einsatzwagen rasen durch Berlin-Mitte. Die Polizei, die die Veranstaltung bisher aus einiger Entfernung beobachtet hat, dringt jetzt zur Mitte des Platzes vor und geht auf einzelne Personen los. Ein Polizist greift eine junge Demonstrantin an den Haaren. Die Frau fällt rücklings auf den Boden und hält sich die Arme vor das Gesicht. Der Polizist sprüht Pfefferspray in ihre Augen, die Frau schreit auf.

Ein junger Mann streamt die Szene live, als ein vermummter Polizist ihm mit einem Knüppel die Kamera aus der Hand prügelt. Überall halten Menschen ihre Handys hoch. Eine ältere Frau wird von einem Polizisten geschubst. Sie stolpert, fällt auf die Bordsteinkante und rollt zur Seite. Ein junges Mädchen kommt ihr zu Hilfe, will sie aufrichten. Da läuft der Frau Blut aus einem Ohr. »Ihr Schweine!«, schreit das Mädchen.

Sirenen, Hubschrauber, Durchsagen. »Räumen Sie den Platz umgehend!« Menschen rennen wild durcheinander, als schwarz Vermummte erneut Molotowcocktails in Richtung der Polizisten werfen. Gummigeschosse, Wasserwerfer. Es ist die totale Eskalation. Es sind Bilder äußerster Gewalt. Die sozialen Netzwerke pulsieren.

Durchgerissene Deutschlandflaggen werden zum Symbol des Protestes. »Wir sind Sabah!«, »Gerechtigkeit!« und »Solidarität!«, rufen die Menschen. Aber die Proteste sind nicht mehr friedlich. Das Gefühl von Revolution, wie Yasemin Brutal es gerade heraufbeschwor, liegt in der Luft.

In Berlin-Grunewald stürmt ein Mob mehrere Villen. Videos auf Instagram und Telegram zeigen, wie eine Familie durchs Gebüsch rennt, offenbar bei dem Versuch, sich in Sicherheit zu bringen. Hinter ihnen stürmen zahlreiche Personen durch eine aufgebrochene Tür ins Innere einer Villa und werfen Möbel und Bilder durch die Fenster nach draußen. In Hamburg werden entlang der Elbchaussee Autoscheiben eingeschlagen und Fahrzeuge angezündet. Als ein Protestzug durch den Hauptbahnhof in Hannover zieht, rennen die meisten Fahrgäste schnell weg. Auch hier zeigen Handyaufnahmen Szenen, wie die Scheiben der Geschäfte in der Passage eingeschlagen werden. Eine weiße Frau drückt sich an die Wand, als Demonstranten auf sie zukommen. Sie umklammert ihre Tasche, hält die Arme vor der Brust verschränkt. »Mach mit, mach mit, mach mit!«, schreien die jungen Migranten auf sie ein. Sie schreckt zurück, sie zittert am ganzen Körper, stolpert, fällt. In Offenbach am Main, der Stadt, die sich besonders lobenswert in der Luftbrücke engagiert und deren Migrationsanteil einer der höchsten in Deutschland ist, gerät die Lage außer Kontrolle. Die Bundeswehr kommt zum Einsatz, um Plünderungen zu vermeiden, was weitere Eskalationen hervorruft.

Besonders schlimm aber toben die Unruhen im Süden Berlins. Vor allem Jugendliche mit Vielfaltsmerkmal gehen auf die Straße. In Neukölln brennen Kirchen, Schulen, das Rathaus. Teile der B:V schließen sich den Protesten an. Ein paar junge Männer erklären sich zu Wortführern der neuen »Gerechtigkeitsbewegung in den Kanak:innen-Stadtteilen«. Überall Medienvertreter, freie Journalisten, YouTuber, Blogger.

Ein Mann hält eine zerrissene Deutschlandflagge in die Kameras und sagt: »Ich bin Mahmoud, und wir wollen die

gleichen Lebensbedingungen! Auf in die Stadtteile der Reichen, auf zu ihren Villen!« Die jungen Männer um Mahmoud
brüllen Zustimmung. Nur durch Straßensperren der Polizei und die komplette Lahmlegung des öffentlichen Nahver-
kehrs kann vermieden werden, dass der große Mob in die
westlichen wohlhabenden Vororte zieht.

20

Koma. Ein tiefer Schlaf an der Schwelle zum Tod. Das Leben abhängig von Maschinen, der Körper ruhiggestellt.

Sabah merkt nicht, wie Marwan stundenlang neben ihr sitzt, ihre Hand hält, wie Muhammad Abd al-Malik bei ihr ist und aus dem Koran zitiert, wie ihre Mutter mit Tränen in den Augen auf dem Stuhl kauert und mit dem Oberkörper vor- und zurückwippt, während sie für ihre Tochter betet. Menschen, die aus dem Koma erwachen, berichten häufig von den schrecklichen Albträumen, die sie quälten, während sie regungslos und scheinbar ruhig dalagen, sediert und ans Bett gefesselt.

Sabah steht am Pier eines Fähranlegers. Es ist ein strahlend sonniger Tag, klar und schön, Menschen gehen an ihr vorbei, in Richtung der Fähre, die am Ende des langen Steges wartet. Sie wissen nicht, wohin das Boot sie bringen wird, aber es soll sehr schön sein dort. Nur Sabah kommt kaum voran, auf ihrem Rücken ein schwerer Rucksack, sie schleppt riesige Taschen mühsam über die Holzplanken. Da hört sie das Tuten der Fähre, zwei Bootsmänner erscheinen an Deck und werden jeden Moment die Planke einziehen. Sabah wird panisch, sie zerrt und schleppt und ist doch zu langsam. Sie würde den Rucksack abwerfen und die Taschen zurücklassen müssen. Sie lässt alles fallen und rennt, so schnell sie kann. Die Planke! Sie ziehen sie ein! »Ich schaffe es nicht mehr!«, schreit sie laut. Die Planke ist eingezogen, der Anker gelichtet. Die Fähre entfernt sich. Sabah kommt am Ende des Steges zum Stehen. Atemlos schaut sie dem Schiff nach. An Bord sieht sie eine junge Frau. Die langen Haare flattern im Wind. Die Frau dreht sich um und blickt Sabah ausdruckslos an. Die Frau auf dem Boot ist Sabah. Sie starren sich in die Augen, bis die Fähre auf hoher See entschwindet.

Wieder und wieder träumt Sabah diesen Traum. Ist das Boot am Horizont entschwunden, steht sie im nächsten Moment wieder auf dem Steg und sieht die Fähre. Doch so oft sie auch rennt und so sehr sie es versucht, nie erreicht sie das Ende des Steges rechtzeitig.

Plötzlich schrille Schmerzen. Die Sonne des Traums verzieht sich. Stimmen. Wie durch einen dichten Nebel erkennt Sabah vertraute Umrisse. Sie spürt, wie jemand ihre Hand hält, sie fest drückt. Sehnsucht.

Nach dem Menschen, der ihre Ängste vergessen macht.

21

Deutschland nach der Gewalt. Das Land ist ein anderes. Aber an diesem Morgen, eine Woche nach dem Anschlag, erreicht die Menschen eine gute Nachricht. Die Kanzlerkandidatin ist außer Lebensgefahr.

Rote Laufbänder bringen die Breaking News auf allen Nachrichtensendern. Die Ärzte der Charité erklären, dass sie Sabah aus dem künstlichen Koma aufwecken werden. Auch das Wetter sendet ein Zeichen der Hoffnung. Nach Tagen ständigen Regens reißt die Wolkendecke auf und lässt ein paar Sonnenstrahlen hindurch. Hoffnung.

Es war nicht immer leicht zu hoffen. Es gab Tage, da die Ärzte Sabahs Überlebenschancen mit dreißig Prozent bewerteten. Die Kugel hatte ihre Aorta gestreift. Es drohte eine Ruptur. Stundenlang kämpften die Ärzte um ihr Leben. Einmal stellte sich Kammerflimmern ein, Sabahs Herz musste mit Elektroschocks wieder in einen regelmäßigen Rhythmus versetzt werden.

Marwan tritt vor die Kameras am Eingang der Charité. »Vor dreißig Minuten hat Sabah ihre Augen aufgeschlagen«, sagt er mit zittriger Stimme. »Ich küsse deine Augen, habe ich ihr gesagt. Ich danke allen, die sich für sie eingesetzt haben, vor allem den Ärztinnen und Ärzten, die Großartiges geleistet haben. Aber auch den vielen Menschen überall, die für sie gebetet haben. Danke!«

Sabahs Ehemann ist sichtbar bewegt.

»Ich möchte aber auch die Gelegenheit ergreifen, um zu sagen, dass wir entsetzt sind über die Bilder der Gewalt, die uns erreicht haben. Hass wird nicht durch Hass getilgt, und Gewalt ist keine Antwort. Nie. Jetzt ist die Zeit für Versöhnung. Deshalb Sabahs Appell an Sie alle, an euch alle: Hört auf mit der Gewalt, bitte! Protestiert, aber bleibt friedlich!«

Marwan dreht sich um und geht. Schräg hinter ihm steht Muhammad Abd al-Malik, der Imam der al-Dunja-Moschee. Auch er war an diesem Morgen schon bei Sabah, er besuchte sie gleich nach ihrem Ehemann. Eine Stunde sei er bei ihr gewesen, berichtet ein Pfleger. Sie hätten gebetet.

Im Laufe der vergangenen Tage sind die Krawalle etwas abgeklungen. Einige Städte haben massive Hilfsprojekte für migrantische Gruppen angekündigt, und besonders fortschrittliche Kommunen wollen Menschen mit Vielfaltsmerkmal einen Zuschuss von vierhundert Euro pro Familie im Monat zahlen, als finanzielle Unterstützung und Zeichen im Kampf gegen rechts. Berlin und Offenbach haben angekündigt, Gelder für den Bau von Moscheen bereitzustellen, die sich vermehrt um Jugendarbeit kümmern. Außerdem sollen die Wohngebiete mit öffentlichen Geldern renoviert und verschönert werden. All das hat die Stimmung unter den wütenden Demonstranten beruhigt.

Es ist Abend. Die Neonleuchten an der Decke tauchen den langen Flur der Krankenstation in unangenehm grelles Licht, es ist menschenleer, die gesamte Etage wurde wegen Sabahs Anwesenheit geräumt und abgesichert. Vor der Tür zu ihrem Zimmer stehen zwei Tische, darauf häufen sich Karten mit Genesungswünschen und Blumensträuße. Ein bisschen erinnert die Szene an den Ort eines Attentats, wo Passanten hinpilgern, um sich mit persönlichen Wünschen vom Opfer zu verabschieden.

Die Tage vergehen, Sabahs Gesundung macht nach Angaben der Ärzte gute Fortschritte. Ihr Büro veröffentlicht zwei Aufnahmen von Sabah, wie sie an dem kleinen Tisch in ihrem Krankenzimmer sitzt und Karten mit Genesungswünschen liest. Mehrmals täglich stehen Rehamaßnahmen an. Laufen ist ihr am Anfang nur mit Gehhilfe möglich. Das lange Liegen hat die Muskeln schwach werden lassen. Die Arme über den Kopf zu heben oder lange zu stehen, all das muss Sabah wieder trainieren. Einmal mehr treibt ihr Ehrgeiz sie an. Jetzt erst recht, denkt sie, wenn sie in das erschöpfte, blasse Gesicht im Spiegel blickt, wenn sie innehalten muss auf dem Krankenhausflur, weil sie die Beine nicht mehr voreinander bekommt, wenn sie nachts aufwacht aus dem Albtraum von der Fähre. Der Wahlkampf steht in diesen Tagen ausnahmsweise an zweiter Stelle. Sabahs großes Etappenziel ist es, das Krankenhaus so schnell wie möglich zu verlassen.

Wieder einmal sorgt die digitale Welt für Aufregung. Wieder einmal ist es ein Video. Der achtminütige Clip entstand vor der Charité, wo stets dichtes Gedränge herrscht. Weil gesetzlich versicherte Patienten gewisse Behandlungsgegenstände wie Einwegspritzen und Verbandszeug inzwischen selbst mitbringen müssen, stehen zahlreiche Händler mit Bauchläden vor dem Krankenhauseingang. Sie bieten die erforderlichen Utensilien feil. Etwas weiter, rechts vor dem Bettenturm der Charité, sitzt ein kleines Mädchen auf dem Bordstein und weint. Ein Reporter geht auf das Mädchen zu und fragt es, was denn los sei.

»Ich habe Sabah Hussein getroffen im Krankenhaus.«

»Wie schön, und was hat sie gesagt?«

»Ich dachte, sie ist nett«, sagt das Mädchen schluchzend. »Aber sie ist böse.«

»Warum sagst du das?«

»Ich wollte sie unbedingt treffen, ich habe mich durch das Treppenhaus nach oben geschlichen in ihre Etage. Aber ich konnte die Tür zur Station nicht öffnen. Ich stand da und guckte durch die kleine Glasscheibe in der Tür. Sie ging über den Flur. Ich habe geklopft, und dann kam sie. Sie holte Hilfe, und dann haben sie die Tür aufgemacht, und ich konnte zu ihr.«

»Und dann?«

»Sie hat mich gefragt, was ich habe. Ich habe ihr erzählt, dass meine Großmutter schwer krank ist. Sie hat gesagt, die Ärzte können ihr bestimmt helfen. Ich habe gesagt, dass die nichts mehr tun können, weil Großmutters Versicherungspunkte aufgebraucht sind, und dass sie sie in die Endhalle gebracht haben. Sie hat meine Hand genommen, und wir sind in die Allgemeinstation zwei Etagen unter der Premiumstation gegangen. Sabah hat durch die Scheibe in der Tür geschaut. Dann sind wir noch eine Etage weiter nach unten gegangen, in die Endhalle.

»Wo deine Großmutter liegt?«

»Ja. Da stehen in vier Reihen jeweils acht Betten, durch Vorhänge getrennt.«

Endhallen gibt es in jedem Krankenhaus. Seitdem Blutwerte, Organfunktionen, Krankheiten aller Patienten automatisch erfasst werden und Algorithmen aufgrund dieser Daten die jeweilige Lebenserwartung errechnen, werden die daraus resultierenden Behandlungskosten für eine mögliche erfolgreiche Therapie mit den zur Verfügung stehenden Versicherungspunkten verglichen. Patienten, deren Punkte für aufwendigere Behandlungen nicht reichen, kommen in die Endhalle, wo ihnen bloß noch Schmerzmittel verabreicht werden.

»Ich habe sie gefragt, warum das so ist«, sagt das Mädchen. »Sie hat gesagt, dass so ein Krankenhaus halt teuer ist und man eben nicht immer alle so lange behandeln kann, wie man will. Ich habe gesagt, wir leben doch in einem so reichen Land.«

»Da hast du recht. Wie heißt du eigentlich?«

»Tine.«

»Und was gab Frau Hussein dir dann zur Antwort, Tine?«

»Sie sagte, dass wir das Geld brauchen, um die Gesellschaft gerechter zu machen und den armen Menschen in der Welt zu helfen. Ich habe geweint, und dann hat sie mir die Wange gestreichelt und ist gegangen.«

Das Video wird innerhalb eines Tages zwei Millionen Mal geklickt. Aber ist es auch echt? Wie kommt Tine dazu, so eine Geschichte zu erzählen? Im Netz mehren sich schnell Hinweise, dass Tine von rechten Aktivisten geschickt wurde, um die Kanzlerkandidatin in Misskredit zu bringen. Gibt es die Großmutter? Wie, bitte, sollte Sabah einfach so durch die Charité spazieren? Auch sei es ein rechtes Narrativ, dass das deutsche Gesundheitssystem derart gravierende Mängel aufweise. Es handele sich um ein Lieblingsthema der Szene. Aber niemand kann mit Sicherheit sagen, ob es sich um ein Fake handelt oder nicht.

Sabah und ihr Team lassen das Video unkommentiert, sie konzentrieren sich auf Sabahs nächsten Auftritt. Denn seit dem feigen Attentat hat sie nicht mehr gesprochen in der Öffentlichkeit. Und dieser Auftritt muss stimmen, er ist das große Comeback von Sabah Hussein in diesem Wahlkampf.

Das TV-Duell.

22

Wegen des Anschlags hat man den Wahlkampf während der drei Wochen, als Sabah im Krankenhaus lag, offiziell ausgesetzt. Sogar eine Verlegung des Wahltermins wurde diskutiert.

»Wir lassen uns von rechts nicht einschüchtern. Daher: keine Verlegung der Wahl! Ich bin bereit!«, twitterte Sabah aus dem Krankenbett.

Jette ist so präsent wie nie. Sie, die sonst immer hinter Sabah zurücktritt, ist mit einem Mal ins Zentrum des Interesses gerückt. Sie informiert über Sabahs Genesung, spricht mit Vertretern der Protestbewegung, trifft sich mit den Spitzen der Partei und bereitet quasi im Alleingang Sabahs großen Comeback-Auftritt vor.

Im Studio in Berlin-Adlershof stehen zwei schlanke Stehpulte auf der Bühne. Techniker führen eine Lichtprobe durch. Die Kameras werden an den verschiedenen Positionen getestet. Man liegt gut in der Zeit. Punkt 20:15 Uhr soll es losgehen. Das große TV-Duell, live auf allen Plattformen und Kanälen, in allen Netzwerken. Und das ganze Land wird zuschauen.

Rania Hamami ist eine der Moderatorinnen an diesem Abend. Neben ihr führen der YouTuber Bombastic und Anna Soll vom *Globus* durch die Sendung. Sie alle werden die beiden Kanzlerkandidaten auf Herz und Nieren prüfen und mit Fragen löchern. Neben Sabah stellt sich Wolfgang Bauer von der CPD zur Wahl. Die Christliche Partei Deutschlands war über viele Jahre die größte Partei des Landes, stellte Bundeskanzler und Bundespräsidenten und steuerte die Nation immer wieder durch turbulente Zeiten.

Dieses Mal sieht es für die CPD allerdings schlecht aus. Vor der eigentlichen Debatte diskutieren Experten im Fernsehen über die Aussichten der beiden Kandidaten. Allen ist klar: Sabah Hussein muss die Favoritin sein.

»Wolfgang Bauer ist ein alter weißer Mann. Aber ein ängstlicher«, sagt Hatice Güler. »Er hat verstanden, dass seine Zeit abgelaufen ist, dass keiner nach ihm sucht, ihn braucht oder will, so wie er ist. Die ÖP, das ist die Zukunft, das ist die Mehrheit. In seiner Not hat er nur einen Ausweg gefunden: Er gleicht sein Programm dem der ÖP so weit an, wie es nur geht. Die Hälfte von Sabah Husseins Team hat ein Vielfaltsmerkmal? Ha! Bei Wolfgang Bauer sind es zwei Drittel! Vor allem junge muslimische Frauen. Da wollen wir doch mal sehen, ob das nicht wirkt! Auf dem Land, da donnerte ihm viel Kritik entgegen. Warum ausgerechnet Musliminnen? Wofür, wurde gefragt, stehe denn noch das C in der Partei? Aber Bauer scheint sich zu sagen: Ihr seid von gestern, ihr bringt mich nicht mehr an die Macht.«

»Sehe ich auch so«, sagt ein anderer Experte. »Bauer ist eine billige Kopie. Die alten Weißen wandern ab zur ZfD oder verabschieden sich von diesem Staat.«

»Mhm. Was ist denn von den kontroversen Debatten um Sabah Hussein zu halten?«, fragt die Moderatorin.

»Ich halte das für eine grässliche Schmutzkampagne und Fake News«, sagt Hatice schnell. »Man kann sich schon fragen: Warum kommen diese Dinge gerade jetzt ans Licht? Das ist doch ein ausgesprochen seltsamer Zufall. Sabah Hussein steht seit langem in der Öffentlichkeit, und ausgerechnet jetzt werden solche angeblichen Hintergründe bekannt?«

In dem Moment betritt Sabah das Studiogebäude. Die mediale Aufmerksamkeit ist gewaltig. Jette reicht ihr zwei Krücken. Eigentlich braucht es das TV-Duell nicht mehr, denken viele in der ÖP. Sabah führt in den meisten Umfragen mit einem guten Vorsprung. Seit dem Anschlag ist sie unantastbar.

»Santa Sabah«, titelte der *Globus* und packte eine Illustration darunter, die Sabah mit einem Schleier zeigt, wie ihn Mutter Teresa trug, sie steht mit dem Rücken vor einer Gruppe von Schwarzen, Menschen mit Behinderung, Frauen mit Hijab, von Kindern und Geflüchteten, sie breitet die Arme vor ihnen aus und fängt eine Kugel ab, die von einem Mann mit SS-Binde abgefeuert wird. Sabah ist endgültig zur Ikone geworden.

Auf den wandgroßen Bildschirmen in der Redaktion sind die Mitschnitte von Razzien in den Zentralen von rechten Kreisen, in Polizeistationen und Bundeswehrkasernen zu sehen. Schon den ganzen Tag über haben die Aufnahmen für Furore gesorgt. Auch die Villa von Sven Birn in Hamburg-Nienstedten wurde durchsucht. Polizeibeamte stürmten den Newsroom und forderten die Redakteure auf, den Raum zu verlassen. Als der Newsroom leer war, kamen IT-Spezialisten hinzu. Wenig später war *TNT* offline.

Neu-Gotenhafen wurde ebenfalls geräumt. Offenbar gab es enge Verbindungen der Gemeinde zur Attentäterin Denise Stein. Fotos zeigen sie bei Veranstaltungen in Neu-Gotenhafen. Bewohner eines benachbarten Dorfes haben aus einiger Entfernung Videos machen können, die viral gegangen sind. Nachdem die Bewohner von Neu-Gotenhafen sich geweigert hatten, die Tore zu öffnen, wurde eine Zufahrt mit einem Rammbock aufgestoßen. Schwer bewaffnete Sicherheitskräfte gingen danach von Haus zu Haus und stellten Unterlagen und Computer sicher. Acht Bewohner von Neu-Gotenhafen wurden festgenommen, darunter Nils van Vliet. Wie sich herausstellte, liegt auch in Südafrika eine Anklage gegen ihn vor wegen Hatespeech.

Eine Assistentin führt Sabah und Wolfgang Bauer ins Studio zu den beiden Stehpulten. Ihnen gegenüber warten schon Rania, Anna und Bombastic. Rania zwinkert Sabah kurz zu. Anna wirft einen letzten prüfenden Blick in ihren Handspiegel und streicht sich ein paar Haarsträhnen aus dem Gesicht.

»Noch eine Minute«, sagt eine Stimme aus dem Off über Mikrophon. Dann wird der Ton hochgezogen.

»Und hier geht es jetzt weiter mit dem TV-Duell und meiner Kollegin Rania Hamami.«

»Vielen Dank und herzlich willkommen zu der wohl wichtigsten Diskussionssendung des Jahres. Eines Jahres, in dem sich die Nachrichten nur so überschlagen. Der brutale Einmarsch Chinas in Taiwan, der Mordanschlag auf Sabah Hussein und die daraufhin entbrannte Rassismusdebatte in Deutschland – und die Frage, wie man nun endlich, endlich die Nazistrukturen auflösen und eine weltoffene diverse Gesellschaft für alle schaffen kann. Aber zunächst: Frau Hussein, wie geht es Ihnen?«

»Ich bin schon fast wieder die Alte. Nur mit dem Joggen klappt es noch nicht. Nein, im Ernst. Das war eine harte Erfahrung. So auf Hilfe angewiesen zu sein und mich so zurückkämpfen zu müssen. Mein Dank gilt daher an dieser Stelle all den großartigen Ärzt:innen und Pfleger:innen.«

»Wolfgang Bauer, ein ganz offensichtlich rassistisch motivierter Anschlag: Ihrer Partei wird immer wieder vorgeworfen, den Nährboden für diskriminierende Hetze zu bereiten. Was hat dieser Anschlag mit Ihnen gemacht?«

»Gar keine Frage: Was passiert ist, ist schlimm und muss hart bestraft werden. Wir dürfen dabei nur nicht dazu beitragen, dass Gräben weiter vertieft werden, sondern müssen nun gemeinsam sehen, wie wir wieder als Gesellschaft zusammenwachsen. Dazu gehört auch, dass wir alle mitnehmen, wenn es darum geht, Diskriminierung und Rassismus zu bekämpfen.«

»Das sind Nebelkerzen und Ablenkungsmanöver!«, wirft Sabah von der Seite ein. »Seit fünf Jahren schon steht in unserem Grundgesetz Antirassismus als Staatsziel. Es wird Zeit, dieses Ziel endlich konsequent zu verfolgen. Das heißt: Wir wollen die totale Diversität! Vor allem in den ostdeutschen Bundesländern haben wir nach wie vor einen zu niedrigen Anteil an Migrant:innen. Wir sehen, dass überall dort, wo der Migrant:innenanteil besonders hoch ist, Vorurteile am geringsten ausgeprägt sind. Außerdem sind gemischte Gesellschaften, wie wir alle wissen, besonders erfolgreich. Das belegen zahlreiche Stiftungen mit Untersuchungen immer und immer wieder. Wir wollen eine Ansiedlungsförderung betreiben, die dazu führt, dass Menschen mit Vielfaltsmerkmal gezielt in den östlichen Bundesländern heimisch werden.«

»Wie wollen Sie das erreichen?«

»Zum Beispiel durch finanzielle Unterstützung für Migrant:innen, die sich dort ansiedeln wollen. Im vergangenen Jahrhundert haben Ostdeutsche im Westen ein Willkommensgeld bekommen. Jetzt sollen Migrant:innen im Osten ein Willkommensgeld erhalten! Und da wollen wir nicht kleckern, sondern klotzen: reduzierter Steuersatz plus Wohngeld in Höhe von zweihundert Euro im Monat.«

Wolfgang Bauer lacht kurz auf.

»Außerdem bin ich für einen Antirassismus-Soli für weiße Menschen. Wir wissen, weiße Menschen verdienen überdurchschnittlich viel, genießen zahlreiche Privilegien. Es ist nur gerecht, wenn breite Schultern mehr tragen.«

»Auch in der weißen Bevölkerung ist die Armutsquote gestiegen«, sagt Wolfgang Bauer säuerlich.

»Selbstverständlich wird es Ausnahmeregelungen geben für die, die bedürftig sind.«

»Was uns zu einem weiteren umstrittenen Punkt führt«, knüpft Anna an. »Bereits seit einigen Monaten muss jede und jeder in Deutschland einen Eintrag im Personalausweis führen, ob sie oder er weiß, schwarz, Muslim:in, homo- oder transsexuell ist, ob sie einen Hijab trägt oder ob sie oder er auf andere Weise divers ist.«

»Und wir machen bisher sehr gute Erfahrungen damit!«, sagt Sabah stolz.

»Na ja, darauf wollte ich hinaus. Es sind in den vergangenen Monaten mehr als hundert Fälle bekannt geworden, in denen sich Menschen falsch registriert haben, um sich Vorteile zu sichern. Ein Mann hat sich als transsexuell ausgegeben, ist dies nach Aussage seiner Freunde aber gar nicht. Mehrere haben behauptet, schwarz zu sein, waren aber erkennbar weißer Hautfarbe. Eine der Personen hat dann behauptet, der Großvater sei schwarz gewesen, was sich nur noch schwer überprüfen ließ. Und Schlagzeilen gemacht hat, wir erinnern uns, der Skandal um Stefan Fritz. Der Schauspieler, der für eine Rolle abgelehnt wurde, weil er weiß ist, und sich darauf den Fuß abgesägt hat. Danach verlangte er, berücksichtigt zu werden, weil er behindert sei. Und das ist vermutlich nur die Spitze des Eisbergs, denn die Richtigkeit der Angaben lässt sich ja nur in Einzelfällen prüfen. Fürchten Sie keinen Missbrauch?«

»Sie haben recht, diese Einzelfälle hat es gegeben. Und es wird sie immer geben. Ich glaube aber fest, dass es sich um Einzelfälle handelt. Die Ausnahme bestätigt die Regel. Dennoch bin ich zum einen für Strafverschärfung. Vielfaltsmerkmalbetrug, also das Vorgeben eines real nicht existierenden Vielfaltsmerkmals, muss ein eigener Straftatbestand werden! Und zum anderen brauchen wir eine strengere Kontrolle, was die Authentizität der Behauptung eines Vielfaltsmerkmales angeht.«

Wolfgang Bauer geht dazwischen. »Etwas anderes ist für mich aber vollkommen unnachvollziehbar geregelt. Die Eintragungskategorien implizieren, dass der Islam eine Eigenschaft wie die Hautfarbe sei. Das ist natürlich Unsinn, weil –«

»Typisch, Herr Bauer glänzt wieder mit islamophoben Einwürfen! Wir wissen doch alle: Muslim:innen sind seit vielen Jahren von einer Diskriminierung betroffen, die absolut vergleichbar ist mit der Diskriminierung wegen der Hautfarbe. Ich stehe voll hinter dieser Kategorisierung und weiß die große muslimische Community in Deutschland hinter mir«, sagt Sabah.

»Ein anderes Thema, das die Politik seit vielen Jahren beschäftigt«, sagt YouTuber Bombastic, »ist das Thema der ideologischen Verwerfungen in den Sicherheitsbehörden, vor allem das grassierende Problem der Polizist:innen und Soldat:innen mit rechter Gesinnung. Wie müssen wir damit umgehen?«

»Vieles haben wir schon gut auf den Weg gebracht. Haltungsprüfung. Schulungen. Kontrolle der sozialen Medien. Aber wir müssen feststellen: Die neutrale Polizistin, der neutrale Polizist, die neutrale Soldatin, der neutrale Soldat, das ist ein hehres Ziel, das wir nicht erreichen können. Wir haben uns deswegen mit großen Unternehmen zusammengesetzt, um völlig neue Wege zu gehen. Es sollen KI-Cops entwickelt werden. Sie haben einen ganz großen Vorteil: Sie halten sich streng an die Algorithmen, mit denen wir sie ausstatten. Sie behandeln Unrecht gleich –«

»Das erinnert mich an *RoboCop*, einen ziemlich brutalen Science-Fiction-Film aus den späten achtziger Jahren des vergangenen Jahrhunderts. Reiner Zufall? Oder muss ich mir Sorgen machen?«

»Keine Angst. Es wird sich nicht um robotische Superheld:innen in engen Anzügen handeln. Ein Entwurf beispielsweise sieht eine hybride Form vor, bei der ein kleiner Rechner, den man an der Uniform anbringt, Anweisungen erteilt, die von den Polizist:innen ausgeführt werden müssen, und ihr Handeln auf seine Rechtmäßigkeit hin überwacht.«

»Und –«, versucht Wolfang Bauer dazwischenzureden.

»Einen Moment noch. Ich will an der Stelle hinzufügen, dass wir zusätzlich Quoten für Polizist:innen brauchen, idealerweise mindestens fünfzig Prozent Frauen und zehn Prozent Frauen mit Hijab! Das garantiert –«

»Und damit«, unterbricht Bauer nun wirklich, »wollen Sie die Probleme der Polizei lösen? Ernsthaft? Mit dem Tragen eines Kopftuches?«

Wolfgang Bauer zuckt zusammen. Er hat das K-Wort gesagt! Laut und deutlich, für alle zu hören. Im Studio ist es vollkommen still. Das hätte nicht passieren dürfen! Nicht einmal unter größtem Druck darf einem anstelle der korrekten Bezeichnung – Hijab – das K-Wort rausrutschen.

»Was wir hier gerade erlebt haben«, sagt Sabah gefasst in die Stille hinein, »legt die diskriminierende Denkweise von Herrn Bauer offen. Es ist, wie wir vermutet haben: Er ist ein geistiger Brandstifter, treibt die Spaltung voran. Er verhält sich unangemessen und erzeugt ein Klima der Angst. Ja, ich wiederhole, ein Klima der Angst! So jemanden kann man, darf man nicht wählen! Das ist das Deutschland von gestern, das wir zum Glück überwunden haben.«

»In der Tat sind wir alle erschrocken. Möchten Sie sich dazu äußern, Herr Bauer?«, fragt Anna.

Wieder Sekunden der Stille. Wolfgang Bauer ist sichtlich betreten. Er weiß, dass ihm solche Fehler nicht passieren dürfen. Die weißen Wähler verstört er damit nicht, aber die Migranten, für die er eine moderate Alternative zu sein hoffte, hat er gerade vor den Kopf gestoßen. Und nun? Flucht nach vorn. Trotz ist besser als Scham.

»Ja, ich habe das K-Wort verwendet. Aber wie heißt es in der Bibel? Wer frei ist von Schuld, der werfe den ersten Stein. Haben Sie noch nie ein Wort gesagt, das Sie nicht hätten sagen sollen? Ausrutscher passieren. Was hier zählt, ist die Absicht. Und ich kann voll und ganz sagen, dass ich dieses Wort nicht in der Absicht verwendet habe, Menschen zu verletzen oder auszugrenzen.«

»Frau Hussein?«

»Ich bin einfach traurig und betroffen«, sagt sie und schüttelt den Kopf.

»Zum Ende der Sendung hat jeder von Ihnen sechzig Sekunden Zeit, sich direkt an die Wähler:innen zu wenden. *Ladies first*, Sabah Hussein!«

»Liebe Mitbürger:innen, ich werbe für Ihre Unterstützung und Ihre Stimme, weil ich mich für alle die einsetzen will, die in unserem Land mehr Chancen verdienen. Ja, das sind Minderheiten: Schwarze, Muslim:innen, Menschen mit Behinderung, Diverse. Aber nicht nur. Mein Herz schlägt auch für alle anderen, die Unterstützung brauchen. Die weiße alleinerziehende Mutter. Der allein lebende Großvater. Warum ich dafür die Richtige bin? Weil meine Biographie mich Demut gelehrt hat und die Fähigkeit zuzuhören. Ich bin den Schwachen verpflichtet, nicht den Vermögenden. Ich –«

»Frau Hussein, entschuldigen Sie. Ihre Zeit ist um.«

»– bedanke mich für Ihr Vertrauen!«, sagt Sabah rasch noch.

»Wolfgang Bauer, bitte!«

»Liebe Mitbürgerinnen und Mitbürger! Wir leben in aufwühlenden Zeiten, in denen Werte, Normen, das, was uns Halt gibt, ins Wanken geraten. Das geht uns allen so, ob schwarz, weiß, muslimisch, welcher sexueller Orientierung auch immer. Es gilt daher, einen sicheren Kompass für die Zukunft zu bieten. Und genau das möchte ich und möchten wir als Partei. Deutschland hat – mehr als andere Länder – das Potenzial, Minderheiten eine Zukunft zu geben. Wobei: Minderheiten? Die sogenannten Minderheiten sind längst zur Mehrheit geworden. Sie sind es, die unser Land tragen, am Laufen halten. Und –«

»Herr Bauer, bitte, die Zeit!«

»Vielen Dank!«

»Meine Damen und Herren, das war das TV-Duell zwischen der Kanzlerkandidatin der ÖP, Sabah Hussein, und dem Kanzlerkandidaten der CPD, Wolfgang Bauer. Haben Sie vielen Dank für Ihr Interesse! Wir verabschieden uns aus Berlin und wünschen Ihnen noch einen schönen Abend!«

»Wir sind runter«, ruft eine Stimme aus der Regie ins Studio. Die grellen Deckenscheinwerfer werden abgeschaltet, Sabah und Wolfgang Bauer verlassen ihre Positionen. Er will ihr die Hand geben, doch sie dreht sich um und humpelt, so schnell wie es an Krücken eben geht, zu ihrem Team. Sabah hat jetzt anderes im Kopf, als mit Wolfgang Bauer zu reden. In Analysen wird unmittelbar nach der Sendung bereits geschaut, wie die Demographen die Auftritte bewerten.

Im Anschluss an das TV-Duell beginnt »Wahlcheck«, die Sendung, in der die Ergebnisse der Blitzumfrage diskutiert werden. Sabahs Team hat sich um einen Bildschirm versammelt, als sie sich dazustellt. Jette bringt ihr schnell einen Stuhl, damit sie sich setzen kann.

»Von der Forschungsgruppe Wahlen«, beginnt der Moderator der Sendung, »begrüße ich Professor Jost-Uwe Schmidt mit einer ersten Analyse. Was hat die Befragung nach der TV-Debatte ergeben?«

»Es ist schon überwältigend, wie Sabah Hussein ihren Vorsprung ausbauen kann. Das liegt daran, dass sie bei Menschen mit Vielfaltsmerkmal so hohe Unterstützungswerte hat. In der Gruppe der Sechzehn- bis Neunundzwanzigjährigen etwa haben siebzig Prozent ein Vielfaltsmerkmal. Die ÖP erreicht hier die absolute Mehrheit der Stimmen. Ausnahme sind Menschen mit Herkunft aus Osteuropa. Bei den polnischstämmigen Migranten liegt die CPD klar vorn. Ebenfalls bei Menschen mit einem Hintergrund aus Russland und dem Baltikum. Insgesamt kann Sabah Hussein auf einen komfortablen Vorsprung bauen, der auch außerhalb der statistischen Fehlergrenze liegt.«

Sabah verfolgt die Analyse und lächelt überlegen. Wer soll ihr den Sieg jetzt noch nehmen? Sie malt sich aus, wie es am Wahlabend sein wird. Sie stellt sich vor, wie sie auf den Bildschirm schauen, so wie gerade jetzt, und sich um 18:00 Uhr die bunten Balken mit den Prozentanteilen der Parteien aufbauen und die ÖP allen anderen davonzieht, wie sie das Büro verlässt und zur Bühne im Foyer der Parteizentrale geht und danach auf den Balkon. Ein Siegeszug, der Einlauf der Gewinnerin, ihr größter Triumph. Umjubelt, beklatscht, mächtig und strahlend. Ja, sie wird jeden Moment genießen, wenn es so weit ist. Sie muss sich noch überlegen, was sie dann sagen wird, aber einen Satz hat sie bereits im Kopf: »Dies ist der Anfang eines neuen Deutschlands!« Das wird sie auf jeden Fall sagen.

»Vielen Dank!«, verabschiedet der Moderator auf dem Schirm den Umfrageexperten Jost-Uwe Schmidt, »und dann steht morgen das nächste Ereignis an, das die Kanzlerkandidatin noch einmal in den Mittelpunkt allen Interesses rückt, bevor Deutschland bald eine neue Kanzlerin oder einen neuen Kanzler wählt. Es ist der Tag des Prozessauftaktes gegen die Frau, die versucht hat, Sabah Hussein zu töten.«

23

Denise Stein schaut durch das kleine vergitterte Fenster in das strahlende Blau des Himmels. Ihr ist klar, dass sie nie wieder freikommen wird. Das wusste sie auch, als sie den Entschluss fasste, Sabah Hussein zu töten, als sie die Vorbereitungen traf, als sie auf sie zielte und abdrückte. Nur der Gedanke an ihre Mutter machte sie traurig. Dass sie ihr mit der Tat großes Leid zufügen würde. Und dass die Mutter die Tochter nicht würde verstehen können, auch wenn sie sich verraten fühlte von der Politik, die auf alle Rücksicht nahm, nur auf sie nicht, sie, die als kleines Kind in der DDR aufgewachsen war, wo die Straßen grau waren und die Menschen misstrauisch untereinander, wo sie in der Provinz ein einfaches Leben führen musste. Ihre Mutter schimpfte seit Jahren auf das System, weil dieses das eigene Volk verachtete und alles Fremde förderte, sie wünschte sich sogar die Mauer zurück, damit die Menschen im Osten ihr Schicksal wieder in die eigenen Hände nehmen und die Muslime, die Gendermafia und all die anderen links-grünen Deutschlandhasser zum Teufel jagen könnten. Die Mutter beklagte sich, aber sie machte nichts, höchstens ein Kreuz bei der ZfD, sie sah bloß zu, wie die Welt ins Verderben steuerte.

Denise war anders. Sie war eine Macherin. Vielleicht, weil sie der Mann im Haus sein musste, nachdem ihr Vater die Familie verlassen hatte und nie mehr wiederkehrte. Sie hasste die Schwäche der Mutter, die sich und ihre beiden Kinder als Kassiererin mehr schlecht als recht über Wasser hielt, aber ansonsten zu hilflos war, sich aufzuraffen und etwas aus sich zu machen. Sie war eine schmale Frau in einfachen billigen Klamotten und mit der praktischen Kurzhaarfrisur. Einmal kam sie vom Frisör zurück, sie hatte sich die Haare blond färben lassen, nur im Nacken ein paar längere dunkle Strähnen. Es war der Versuch, flott auszusehen im Rahmen ihrer Möglichkeiten.

Aber Denise wollte schon immer anders sein und mehr aus sich machen. Mit achtzehn bewarb sie sich um eine Ausbildung bei der Bundespolizei. Sie wusste, ihre Chancen standen nicht schlecht. Sie war sportlich, anders als die schmächtige Mutter. Denise paukte für die Schule und verbrachte jede freie Minute auf dem Sportplatz. Dreikampf, Schwimmen, Volleyball, mach was aus dir, sagte sie immer wieder zu sich und glaubte fest daran, dass jeder seines Glückes Schmied ist, dass Leistung sich auszahlt.

Doch nach der Ausbildung und den ersten Berufsjahren wurde sie als Personenschützerin für Politiker abgestellt. Sie folgte ihnen, war stets dabei während Autofahrten, Flugreisen, Treffen und Auftritten. Irgendwann merkte Denise, dass sich ihr Weltbild veränderte, dass es nicht darum ging, wer was leistete, wer hart an sich arbeitete, sondern darum, zu manipulieren, sich Vorteile zu verschaffen und die Gesellschaft so umzuformen, dass es neue Gewinner und neue Verlierer geben würde. Und zu den Verlierern, da war sie sich sicher, würde auch sie, die ostdeutsche blonde Frau, gehören.

Bei der Polizei traf sie auf viele, die das Spiel der Politik ebenso durchschaut hatten wie sie. In Chatgruppen tauschte man sich aus, erzählte sich, was welcher Politiker gerade wieder an Lügen gedichtet hatte. Die rassistischen Witze und Bilder, die sie sich gegenseitig schickten, halfen Denise, den

Alltag besser zu ertragen. Sie waren anfangs auch nicht so ernst gemeint, sondern nur lustig. Aber irgendwann wurde es doch ernst, je mehr sich die Damen und Herren Politiker, die sie begleiten musste, in einen Schattenboxkampf stürzten gegen einen Rassismus, den es doch ihrer Meinung nach gar nicht gab.

Es war alles so offensichtlich. Und trotzdem spielten alle das Spiel mit! Denise spürte immer mehr Verzweiflung, weil sie merkte, dass nichts die neuen Gewinner aufhalten würde. Sie nannten es moralisch richtig, Ansprüche anmelden zu können, nur weil sie eine bestimmte Hautfarbe, Religion oder sexuelle Identität hatten. Und alle stimmten zu! Nie wäre Sabah Hussein so weit gekommen, wäre sie nicht eine Muslima! Sie ist nur wegen ihrer scheiß Andersartigkeit so schnell so weit gekommen.

»Mit der Kraft der Verzweiflung.« Denise erkannte, das ist nicht bloß ein Spruch. Je mehr sie verzweifelte an der Entfremdung ihres eigenen Landes, desto weniger schreckte sie die Aussicht, den Rest ihres Lebens hinter Gittern zu verbringen. Da das Leben draußen ihren Hass jeden Tag steigerte, würde sie in der Zelle zumindest Seelenfrieden finden.

Auf dem Gang nähern sich Schritte und kommen vor ihrer Zellentür zum Halten. »Kommen Sie bitte mit!«

Denise steht von dem schlichten Bett auf. Sie ist nervös, denn sie weiß, bald werden sich alle Blicke auf sie richten bei ihrer Aussage vor Gericht. Und obwohl sie mit sich im Reinen ist und auch bei dem Attentat kein bisschen aufgeregt war, so ist sie es jetzt dennoch. Den gewaltigen Medientrubel ist sie nicht gewohnt.

Alle Livestreams, alle sozialen Medien, alle Headlines haben nur ein Thema: den Prozess. Die Ermittlungsbehörden lieferten in Rekordzeit Ergebnisse. Angesichts der Schwere des Verbrechens und seiner politischen Bedeutung wollte man ein deutliches Zeichen setzen. Der Staat, so die Message ans Volk, wehrt sich, und er stellt sich schützend vor Menschen wie Sabah Hussein, deren Leben wegen ihrer Herkunft bedroht wird.

Khadija Hatoum betritt den Saal. Sie ist die bekannteste Richterin Deutschlands, eine lebende Legende der antirassistischen Bewegung. Vor zehn Jahren klagte sie dagegen, dass sie als Richterin keinen Hijab tragen durfte. »Ich will beurteilt werden für das, was ich im Kopf habe, und nicht für das, was ich auf dem Kopf trage«, sagte sie. Der Satz wurde zum Claim der Hijab-Befürworter, und Khadija Hatoum gewann den Prozess. Auf Twitter – »Hier privat« – veröffentlicht sie regelmäßig Zitate, wie sie beschimpft und bedroht wird.

Zu der schwarzen Robe trägt sie einen ebenso schwarzen Hijab. Sie wirkt ein wenig wie eine Iranerin im Tschador, wie sie vorne steht, hinter der Richterbank. Dass sie es einmal so weit schaffen würde, haben nur wenige wirklich gedacht. Aufgewachsen als Tochter von Migranten in Berlin-Wedding und auf eine schlechte Schule gegangen, war Khadija Hatoum eines von vielen unterprivilegierten Mädchen, die bei Ausbildungsplätzen benachteiligt wurden und nur unterdurchschnittlich häufig die Möglichkeit zum Studieren bekamen. Es waren ihre Eltern, die Khadija motivierten, weil sie sich für ihr einziges Kind eine bessere Zukunft erhofften als ihre eigene. Die Zeit war günstig, überall wurden Migrantinnen gesucht, ob in der Uni, bei Praktika oder nach ihrem Zweiten Staatsexamen, für die Diversity-Programme, die damals aufkamen.

Und jetzt steht Khadija Hatoum im Gerichtssaal, um den meistbeachteten Prozess des Landes zu leiten. Sie lässt ihren Blick durch den voll besetzten Raum schweifen.

»Bitte setzen Sie sich. Hiermit eröffne ich die Hauptverhandlung. Anwesend sind die Beschuldigte Denise Stein sowie die Zeugin Sabah Hussein und der Zeuge Ibrahim al-Iraki. Ich darf die Zeug:innen nun bitten, den Raum zu verlassen.«

Der Verteidiger von Denise Stein ergreift das Wort. »Wir stellen einen Befangenheitsantrag gemäß § 24 StPO. Die vorsitzende Richterin Hatoum ist aufgrund ihrer persönlichen Erfahrungen mit rechten Gruppen nicht geeignet, unparteiisch zu urteilen.«

Richterin Hatoum schaut streng, schlägt dann den Aktenordner zu und sagt: »Nun gut, die Verhandlung wird unterbrochen.«

Ein Befangenheitsantrag gegen einen Richter wird vom Gericht ohne Beteiligung des betroffenen Richters geprüft. Im Besprechungszimmer hinter dem Gerichtssaal ziehen sich die Beteiligten zur Beratung zurück. Nach zwei Stunden gibt das Gericht die Entscheidung bekannt.

»Der Antrag wird abgelehnt«, sagt Gerichtssprecher Sami Totayo. »Wer könnte in diesem Fall, da es um Rassismus und ein klares Hassverbrechen geht, besser Recht sprechen als jemand, der selbst davon betroffen ist?«

Die anwesenden Familienmitglieder, Vertreter muslimischer Organisationen und Journalisten applaudieren laut.

»Ruhe!«, ruft Richterin Hatoum, »Ruhe, bitte!« Sie fährt fort: »Frau Staatsanwältin, die Anklage, bitte.«

»Die Staatsanwaltschaft legt aufgrund ihrer Ermittlungen der Angeschuldigten folgenden Sachverhalt zur Last: Die Angeklagte Denise Stein befand sich während eines interreligiösen Gottesdienstes in der Heilig-Kreuz-Kirche in Berlin-Kreuzberg wegen ihrer beruflichen Verpflichtung als Personenschützerin in der Nähe der Geschädigten Sabah Hussein.

Als die Geschädigte an ihrem Platz saß, zog sich die Angeklagte zurück und schoss anschließend aus sicherer Entfernung mit einem Präzisionsgewehr des Typs SG751 SAPR der Schweizer Firma SIG Sauer in Tötungsabsicht von der Kirchenempore auf Frau Hussein. Denise Stein war getrieben von Hass auf Muslim:innen und handelte demnach aus niedrigen Beweggründen. Die Anklage lautet auf versuchten Mord und tateinheitliche gefährliche Körperverletzung.«

»Danke, Frau Staatsanwältin. Herr Verteidiger, wird sich Ihre Mandantin zu den Vorwürfen äußern?«

»Ja. Unsere Mandantin wird sich äußern.«

Richterin Hatoum schaut zu Denise Stein auf der Anklagebank. Diese erwidert ihren Blick, mit einer Mischung aus Trotz und Stolz. Von Reue keine Spur. Es vergehen drei, vier Sekunden.

»Danke. Dann beginne ich mit der Vernehmung der Angeklagten, Frau Denise Stein, geboren am 8. Juli 1995 in Grimma. Ledig, keine Kinder, wohnhaft in Berlin. Von Beruf sind Sie Bundespolizistin, derzeit vom Dienst suspendiert?«

»Ja.«

»Frau Stein, haben Sie auf die Politikerin Sabah Hussein geschossen?«

»Ja, das habe ich.«

»Warum?«

»Weil ich verhindern wollte, dass Deutschland von einer Islamistin regiert wird.«

»Wie kommen Sie darauf, dass Frau Hussein eine Islamistin ist?«

»Na, man kann ja sehen und hören, was sie von sich gibt.«

»Was gibt sie Ihrer Meinung nach von sich?«

»Sie hat doch in Interviews gesagt, dass sie Kopftuchquoten –«

»Na, na!«, fährt Richterin Hatoum dazwischen.

»– Hijab-Quoten durchsetzen, dass sie im Familienrecht die Möglichkeit einräumen will, die Scharia hinzuzuziehen. Das ist doch eindeutig! Es geht nicht um Vielfalt. Nein, es geht um die Übernahme unseres Landes! Und alle, einfach alle machen mit.« Mit jedem Wort redet sich Denise Stein mehr in Rage.

»Wieso tut denn eine sogenannte christliche Partei nichts dagegen? Warum setzen sich junge deutsche Menschen für den Hijab ein, für Islamkunde in der Schule, für mehr Moscheen, mehr Minarette, für noch mehr Muslime, die kommen? Wir steuern auf den Untergang zu. Sehen Sie das denn nicht?«

»Frau Stein, im Netz haben Sie sich einen anonymen Namen zugelegt und gegen Muslim:innen gehetzt. Sind das Ihre Sätze? Ich zitiere: ›Muslime lügen, das dürfen sie auch, wenn sie es mit Kaffern zu tun haben.‹ Und: ›Wo der Islam ist, da herrscht Gewalt.‹«

»Das stimmt ja auch alles«, sagt Denise Stein.

»In den vergangenen Wochen sind ausgewählten Journalist:innen Materialien mit Frau Hussein diffamierenden Inhalten zugespielt worden. Frau Hussein sollte in ein schlechtes Licht gestellt und geschädigt werden. Frau Stein, haben Sie etwas damit zu tun?«

»Wie hätte ich das denn tun sollen?«

»Sie waren ihr oft sehr nah. Sie hätten in einem unbeobachteten Moment ihr Handydisplay abfotografieren können. Sie hätten auf alte Fotos stoßen können.«

»Bin ich aber nicht.«

»Sie hätten die Tat auch unbeobachtet verüben können. Warum haben Sie sie in der Öffentlichkeit verübt? Warum vor diesem Publikum?«

»Ich wollte ein Zeichen setzen. Alle sollten sehen, wie diese Frau fällt.«

»Wie sind Sie an die Schlüssel gekommen, um die Waffe für die Tat zu verstecken?«

»Die habe ich bei einer anderen Gelegenheit gestohlen, kopieren lassen und danach in der Kirche auf einen Stuhl gelegt.«

»Warum?«

»Damit der Finder keinen Verdacht schöpft.«

»Und wann haben Sie die Waffe in der Kirche deponiert?«

»Am Abend zuvor.«

»Wer wusste alles von Ihrer Gesinnung und von Ihren Mordplänen?«

»Niemand, das habe ich mit mir allein ausgemacht.«

»Niemand? Unsere Recherchen lassen auf ein großes rechtes Netzwerk in den Sicherheitsapparaten schließen.«

»Ich weiß von keinem Netzwerk. Ich habe im Alleingang gehandelt.«

»Danke, Frau Stein. So weit die Vernehmung der Angeklagten. Ich rufe jetzt als Zeugin Sabah Hussein auf.«

Sabah geht, gestützt auf die Krücken, gekleidet in weißer Seide und von einem Saaldiener begleitet zum Zeugenstuhl. Ihr Gesicht ist blass, der rote Lippenstift lässt sie aussehen wie Schneewittchen. Sie schaut geradeaus und nimmt langsam Platz.

»Frau Hussein, wie geht es Ihnen?«, fragt die Richterin.

»Den Umständen entsprechend gut.«

»Berichten Sie uns bitte, wie Sie den Tag des Anschlags erlebt haben.«

»Ich hatte mich sehr auf die Veranstaltung gefreut. Ich war etwas verspätet, es wurde gerade die Diversity-Hymne angestimmt. Der Angriff kam für mich aus dem Nichts.«

»Und weiter?«

»Ich kann mich an nichts weiter erinnern. Ich weiß noch, wie ich an meinem Platz stand. Das ist alles.«

»Hatten Sie vorher schon das Gefühl, bedroht zu sein?«

»Natürlich.«

»Konkret durch die Angeklagte?«

»Ich kannte sie vom Sehen. Die Bundespolizist:innen, die uns schützen, wechseln zwar in regelmäßigen Abständen, aber es handelt sich um eine überschaubare Truppe. Sie sind immer da, aber man redet nicht viel miteinander.«

Die Richterin bedankt sich und verabschiedet Sabah Hussein. »Kommen wir nun zur Frage der Netzwerke. Dazu bitte ich Herrn Bassam al-Iraki in den Zeugenstand.«

Bassam al-Iraki trägt einen gepflegten dichten Bart und dunkle zurückgekämmte Haare mit grauen Strähnen. Als regelmäßiger Talkgast ist er öffentliche Aufmerksamkeit gewohnt. Dementsprechend selbstsicher tritt er in den Zeugenstand.

»Herr al-Iraki. Sie forschen seit Jahren zu rechten Netzwerken, arbeiten mit den Verfassungsbehörden zusammen und waren nach dem Anschlag Koordinator für die Razzien in Neu-Gotenhafen, bei *TNT*-News und weiteren Einrichtungen. Welche Ergebnisse liegen derzeit vor?«

»Wir haben bei den Durchsuchungen in Hamburg und Neu-Gotenhafen vierzig Stunden Videomaterial sichergestellt. Es zeigt ein rechtes Paralleluniversum, sozusagen ein Netzwerk erschreckenden Ausmaßes.«

»Wie weit verläuft dieses Netzwerk?«

»Es lässt sich zurückverfolgen, dass von Rechnern im Bundestag, in der Polizei und der Bundeswehr Informationen über Sabah Hussein sowie über weitere Politiker:innen mit Vielfaltsmerkmal abgerufen wurden.«

»Und inhaltlich?«, hakt die Richterin nach.

»Wir sind bei der Auswertung der Daten in eine Gesellschaft vorgedrungen, in der Rassismus ungeniert ausgelebt wird. Es gibt dabei zwei unterschiedliche Ebenen. Die erste Ebene ist die der sogenannten Durchschnittsbürger:innen, die eine gewaltbereite Rechte ablehnen, sich aber insgeheim gegen eine übertrieben politisch korrekte Welt auflehnen. Es gibt Kreise, deren Mitglieder sich auf geheimen Partys zum Blackfacen verabreden. Mit Blackfacen, das zur Verdeutlichung, meine ich das Darstellen von Schwarzen mit stereotypen Merkmalen wie dunkler Schminke, dicken Lippen, breiter Nasen und Kraushaarperücken durch Weiße. Das hat den Reiz des Verbotenen, man überschreitet Grenzen, bricht Tabus. In der Szene kursiert ein aufwendig produzierter Film, der inzwischen Kultstatus erreicht hat. Er heißt *Nicht PC*, also ›nicht politically correct‹, und wird oft in Gruppen geschaut. In diesem Film werden bewusst sämtliche gängigen Klischees bedient.«

»Bitte schildern Sie kurz, worum es in dem Film geht.«

»Gerne. Es handelt sich um einen sehr simplen und durchschaubaren Plot, das ist schnell erzählt. Ein junger europäischer Unternehmer nimmt einen Job als Berater einer Ölfirma in Angola an. Auf dem Weg nach Afrika trifft er auf diebische Roma, auf arabische Gauner, die ihn übers Ohr hauen, und auf wilde, bunt bemalte Schwarze, die in Baströckchen zu einem monotonen Trommelrhythmus um ein Lagerfeuer tanzen. Sie halten eine weiße Frau gefangen, beißen Hühnern die Köpfe ab und beschmieren die Frau mit dem Blut. Am Ende befreit der europäische Held die blonde Frau aus den Fängen der bösen Schwarzen. Ein Informant witzelte einmal: ›Das ist unser *Dinner for One*.‹ Das ist, man kann es leider nicht anders formulieren, rechter Mainstream.

Die zweite Ebene ist die der radikalen, gewaltbereiten Rechten. Sie tragen hemmungslos eindeutige Symbole und Zeichen zur Schau, zum Beispiel die White-Power-Faust, das Hakenkreuz, das gleichschenkelige Keltenkreuz oder die schwarze Sonne. In diesen Kreisen ist man systematisch gegen alles, was andersartig, was fremd ist. Das ist der gefährliche Zirkel, der sich immer mehr radikalisiert. Man ist der Ansicht, dass die Demokratie schwach ist, dass sie versagt hat und dass nur ein Umsturz Deutschland noch vor dem Untergang retten kann. Das Erschreckende: Gerade in diesen Gruppen finden sich viele Polizist:innen, Armeeangehörige, Personenschützer:innen und andere Sicherheitskräfte. Wie Denise Stein.«

»Das heißt, das ist strukturell?«

»Eindeutig. Wir müssen mit allen Mitteln verhindern, dass Rechtsextreme überhaupt Eingang in unsere Sicherheitsbehörden finden. Allerdings wird das immer schwieriger. Wie Sie wissen, ist der Verfassungsschutz seit Jahren unablässig damit beschäftigt, diese die Demokratie gefährdenden Gruppen aufzudecken. Was zur Folge hat, dass diese mit ihren Vernetzungsaktivitäten immer vorsichtiger und geschickter werden. Sie gehen wieder zu einer analogen Form der Kommunikation zurück und verständigen sich nicht mehr über digitale Kanäle, sondern stecken sich Zettel und Flyer zu, auf denen Zeit- und Treffpunkte genannt werden. Mitglieder stellen ihre Wohnungen und Häuser zur Verfügung, es gibt strenge Einlasskontrollen. Des Weiteren müssen alle mobilen Geräte ausgeschaltet und abgegeben werden, und manchmal wird sogar verlangt, dass sich die Teilnehmer:innen bis auf die Unterwäsche ausziehen. Das Misstrauen in der Szene ist sehr groß. Erschreckend häufig fungieren auch Politiker:innen der ZfD als Gastgeber:innen für derlei Treffen!«

»Können Sie in diesem Zusammenhang etwas zu Neu-Gotenhafen sagen?«

»Neu-Gotenhafen war ganz eindeutig eine Anlaufstelle für gewaltbereite und sogar gewaltsuchende Rechtsextreme.«

»Vielen Dank, Herr al-Iraki, für Ihre Ausführungen«, sagt Richterin Hatoum. »Wir kommen jetzt zu einer weiteren Aussage. Ich rufe Nils van Vliet in den Zeugenstand!«

Ein Raunen geht durch den Saal. Aus zahlreichen Medienberichten ist der Öffentlichkeit bekannt, dass Nils van Vliet der eigentliche Planer von Neu-Gotenhafen war und dass er zum innersten Zirkel um Sven Birn gehörte.

Es ist Nils van Vliet anzumerken, dass er sich bewusst ist, wie gefährlich es ist, was er macht. Sein Leben nach der Aussage vor Gericht wird ein anderes sein als zuvor.

»Nils van Vliet, geboren 1984 in Bloemfontein, Südafrika, ledig, keine Kinder. Seit einer Woche in Haft. Möchten Sie sich äußern?«

»Ja.«

»Was war das Ziel von Neu-Gotenhafen?«

»Eine Volksgemeinschaft, ein Staat im Staat.«

»Offiziell konnte sich jede und jeder als Mitglied bewerben. Ist das richtig?«

»Das war eine Lüge. Man konnte ja nicht sagen: ›Migranten verboten!‹.«

»Migrant:innen, wenn ich bitten darf. Haben Sie die Angeklagte Denise Stein schon einmal getroffen?«

»Ja, mehrmals. In Neu-Gotenhafen. Sie war dort mit Kameraden, also –«

»Kamerad:innen, bitte!«

»Ja. Jedenfalls, ich weiß nicht, ob sie es war, die andere angeworben hat, oder ob sie von den Kameradinnen nach Neu-

Gotenhafen mitgenommen wurde. Wissen Sie, Polizisten und Soldaten –«

»Polizist:innen! Soldat:innen!«

»Ja, ja, sie waren eine Zielgruppe für uns. Die haben wir bewusst angeworben, auch mit Hilfe der ZfD.«

»Worum ging es?«

»Es ging darum, ein breites Netzwerk aufzubauen. In Deutschland vor allem, aber auch mit Unterstützung aus dem Ausland. Man hatte Politiker, äh, Politiker:innen … und Verbindungsleute aus Moskau, China, Frankreich zu Besuch. Ich sage nur: Es floss viel Geld.«

»Netzwerke mit welchem Ziel?«

»Sie planten den Putsch. Sie haben verstanden, dass es in Deutschland keine Mehrheitsentscheidung mehr geben wird, um die ganzen Schäden rückgängig zu machen, die aus dem Schwachsinn von Migration und Vielfalt und so weiter entstanden sind. Dass es nur noch Rettung durch eine gewaltsame Machtübernahme geben wird.«

»Wie sollte das ablaufen?«

»An einem Tag X sollte Deutschland mit Hilfe von Polizei und Bundeswehr übernommen werden. Bis zu diesem Tag sollten es Gefolgsleute überall im Land in zentrale Positionen geschafft haben, in den Ministerien und Landesregierungen, in der Bundeswehr, der Polizei und in anderen Sicherheitsdiensten. Es soll sogar ein Netzwerk bis ins Bundeskanzleramt geben. Zumindest hat man sich damit gebrüstet.«

»Können Sie etwas genauer ausführen, wie das funktionieren sollte?«

»Es gab konkrete Planungen. Dass man zeitgleich Bundestag und Kanzleramt besetzen und die Regierung in Gewahrsam nehmen würde. Ein Vertreter des inneren Zirkels würde sich aus dem Kanzlerbüro live an die Bevölkerung wenden, während gleichzeitig alle Polizeistationen, Parlamente und Gerichte von loyalen Einsatzkräften umstellt und ausgeschaltet würden. Es wurden Einsatzpläne erstellt, mit dem erforderlichen Personal, um das zu bewerkstelligen. Wenn Sie mich fragen, ich glaube ja, man hing im Großen und Ganzen einer Phantasie an. Aber die Netzwerke gibt es. Und den Plan loszuziehen und zu töten, den gab es auch.«

»Warum äußern Sie sich hier?«

»Ich will gar nicht so tun, als ginge es mir um Idealismus. Ich erhoffe mir durch meine Aussage Vorteile.«

»Haben Sie keine Angst?«

»Ich bekomme, wenn ich wieder frei bin, hoffentlich eine neue Identität und finanzielle Unterstützung. Ich habe keine Familie. Ich kann mir ein Leben woanders gut vorstellen. Das macht mir nichts aus.«

»Wie stehen Sie heute zur Angeklagten Denise Stein?«

Nils van Vliet blickt in Richtung der Attentäterin und mustert sie mit strengem Blick.

»Ich halte sie für komplett unfähig. Sie hat aus nächster Nähe danebengeschossen und so die Zukunft von Neu-Gotenhafen zerstört. Ich verachte sie. Eine Dilettantin.«

»Verräter! Ihr Verräter und Heuchler! Ich habe alles gegeben, alles, um unser beschissenes Land zu retten! Ihr Arschlöcher! Wer von euch hatte denn den Mumm? Ihr –«

Zwei Saaldiener zerren Denise Stein aus dem Gerichtssaal. Noch lange, nachdem sich die Flügeltür hinter ihr geschlossen hat, ist ihr Fluchen zu hören.

24

Sabah sitzt am Steuer ihres Dienstwagens. Sie hat dem Fahrer freigegeben. Zu Hause wartet Marwan auf sie, damit sie wenigstens den Rest des Abends gemeinsam verbringen können. Sabahs Hände stecken in eng anliegenden schwarzen Lederhandschuhen, ihr Blick ist streng auf die Fahrbahn gerichtet. Es ist stockdunkel, nur die Lichtkegel der Scheinwerfer fallen auf den nass glänzenden schwarzen Asphalt.

Was für eine Woche. Heute Morgen, nach vier langen Prozesstagen, wurde das Urteil gesprochen. Es war keine Überraschung, Denise Stein war vollumfänglich geständig. Und doch, Sabah erinnert sich, wie erleichtert sie sich fühlte, als alles vorbei war.

»Bitte erheben Sie sich«, sagte Richterin Hatoum vor der Bekanntgabe des Urteils. Sie hielt die Mappe mit den Unterlagen vor sich und schaute durch die Brille auf ihrer Nasenspitze auf den Text.

»Im Namen des Volkes ergeht folgendes Urteil: Die Angeklagte Denise Stein ist schuldig des versuchten Mordes aus niedrigen Beweggründen an Sabah Hussein, in Tateinheit mit gefährlicher Körperverletzung. Es kommen hinzu die Straftatbestände der Volksverhetzung und der üblen Nachrede. Die Angeklagte wird zu einer lebenslangen Freiheitsstrafe verurteilt. Bitte setzen Sie sich.

Frau Stein. Es besteht nach Ihrem Geständnis kein Zweifel daran, dass Sie in Tötungsabsicht auf Sabah Hussein geschossen haben. Ihren Einlassungen gemäß ist es zudem offensichtlich, dass Sie dies aus Hass auf Frau Hussein als Muslima getan haben, mithin aus niedrigen Beweggründen. Mildernd hat das Gericht Ihr nahezu vollumfängliches Geständnis gewertet. Den Tatbestand der üblen Nachrede durch anonymes Zusenden von diffamierenden Informationen über die Geschädigte haben Sie nicht gestanden.

Die Tragweite dieses Falles geht weit über die verhandelte schändliche Einzeltat hinaus. Die Offenlegung der rechten Netzwerke wird Folgen für den gesamten politischen Betrieb unseres Staates haben. Die Suche nach Personen, die sich in das gewalttätige rechte Netzwerk verstrickt haben, ist bereits weit fortgeschritten. Seien Sie versichert, die Justiz wird all den Menschen, die einer rechten Ideologie anhängen und unser Land und seine Bevölkerung spalten wollen, das Handwerk legen.«

Wie weit dieses Netzwerk reicht, ist noch nicht abzusehen. Sabah war immer bewusst, dass die Rechten gut vernetzt waren, aber dieses Ausmaß hätte sie nicht für möglich gehalten. Die ganze Woche über kamen immer wieder Nachrichten, wer aufgeflogen war, wer verhaftet wurde, wessen Büros geräumt und welche Computer durchsucht wurden. Bereits fünfzig Bundestagsabgeordnete, und zwar nicht nur Mitglieder der ZfD, sondern aller Parteien! Zwei Generäle der Bundeswehr, ein wissenschaftlicher Mitarbeiter beim Bundesverfassungsgericht, ein landesweit bekannter Chefredakteur, zahlreiche Polizeigewerkschafter. Sie fragt sich, wer noch alles auffliegen würde.

Sabah fährt ziellos in der Gegend umher. Sie will den Kopf frei bekommen, sie schaltet das Autoradio an.

»Deutschlandfunk, die Nachrichten. Russland hat damit gedroht, die Ukraine vollständig zu annektieren, sollte das

Land die Forderungen des Kremls nicht erfüllen. Entlang der Staatsgrenze zur Ukraine sind Truppenverbände eingetroffen.

China hat Taiwan assimiliert. Zehntausende Menschen befinden sich im Gefängnis und in Arbeitslagern. Inoffiziellen Angaben zufolge verfolgt Peking jetzt Pläne, auch in die Mongolei einzufallen. Ein ranghoher Mitarbeiter aus dem Inneren der KP Chinas soll bestätigt haben, dass Präsident Xi Jinping die Weltherrschaft anstrebt.

In den USA kommt es in vielen Landesteilen weiterhin zu gewaltsamen Unruhen zwischen Aktivist:innen der BLM-Bewegung und weißen Guerillagruppen. In mehreren Großstädten lieferten sich bewaffnete Anhänger:innen Straßenschlachten. Gleichzeitig hat die Regierung in Washington angekündigt, alle Zahlungen an UN-Organisationen einzustellen.

Saudi-Arabien hat bestätigt, dass es über Atomwaffen verfügt. Kronprinz Mohammed erklärte in einer offiziellen Verlautbarung, dass es sich dabei um einen Meilenstein für das islamische Königreich auf der arabischen Halbinsel handele. Deutsche Unternehmen haben in den letzten Jahren beim Aufbau von Atomkraftwerken in Saudi-Arabien geholfen, während Kritiker:innen immer wieder davor warnten, dass diese Technologie für die Entwicklung von Nuklearsprengköpfen missbraucht werden könnte.

Die EU-Regierungschef:innen haben sich auf dem Gipfel in Chișinău nicht auf eine gemeinsame Migrationspolitik einigen können. Alle Mitgliederländer mit Ausnahme von Deutschland und Finnland verlangen eine feste Obergrenze für einreisewillige Flüchtlinge. Die Bundesregierung lehnt dies ab und hat weitere individuelle Migrant:innenkontingente angekündigt.«

Sabah schaltet das Radio aus. Sie fährt über eine leere Straße am Stadtrand in Berlin-Köpenick, gleich neben einem kleinen Waldstück. Sie sollte umdrehen, es ist spät. Morgen also, denkt sie, morgen ist der Tag der Wahl.

Ein Schauer läuft Sabah den Rücken hinunter. Sie verspürt Angst. Bisher war es einfach, die richtigen Knöpfe zu drücken. Frau, Migrantin, Muslima, Underdog. Aber das würde nicht mehr reichen, sollte sie Bundeskanzlerin werden. In Brüssel wird es niemanden interessieren, ob sie einmal benachteiligt war. Putin wird sie nicht von einem Krieg abhalten können, indem sie darauf hinweist, dass sie Muslima ist. In Washington würde es niemanden beeindrucken, dass sie eine Migrantin ist. Womit wird sie den Mächtigen der Welt gegenübertreten? Ihre Waffen sind auf der internationalen Bühne stumpf. Nachdenklich blickt sie durch die Windschutzscheibe ins Dunkel vor sich.

Das Handy klingelt. Sabah ist überhaupt nicht danach, ein Telefongespräch zu führen. Sie schaut auf das Display. Es könnte wichtig sein, sie geht ran. »Ja, Hussein«, sagt sie leise, »guten Abend, Herr Bundesstaatsanwalt. Was kann ich für Sie tun?«

Sie hört zu, nickt hin und wieder. Dann plötzlich wirkt sie überrascht, reißt die Augen auf. Entsetzen. »In Ordnung, vielen Dank«, sagt sie mit zittriger Stimme, nimmt das Handy langsam vom Ohr und drückt den Finger auf den roten Punkt. Sie atmet tief ein. Und aus.

25

Tausende kommen am Berliner Hauptbahnhof an, um an der angekündigten Antirassismusdemonstration teilzunehmen. Auf der Straße des 17. Juni durch den Tiergarten haben sich nach Angaben der Veranstalter bereits dreißigtausend Menschen versammelt. Sie skandieren »Open Borders!« und »Migrant Power!«. Seit den chaotischen Ausschreitungen bei der letzten Antirassismusdemonstration nach dem Anschlag auf Sabah ist es verpönt, die Deutschlandflagge zu zeigen. Stattdessen wehen überall Regenbogenfahnen, in deren Mitte ein D für »Diversity« prangt, daneben eine nach oben gereckte schwarze Faust. Aus allen Landesteilen werden Schulklassen in Bussen in die Hauptstadt gebracht, viele versammeln sich vor dem Bundestag. Sie bilden eine Menschenkette und formen damit ein riesiges D. Alle großen Medien haben die Werbeflächen auf ihren Websites ausgeblendet und stattdessen Banner mit den Schriftzügen »No Nazis!« und »Diversity!« eingebettet.

Seit einer Stunde verfolgt Sabah in ihrem Büro die Nachrichten. Um Punkt 09:00 Uhr öffneten die Wahllokale bundesweit.

Nils van Vliets Aussage hatte verheerende Auswirkungen für die ZfD. Direkt nach seinen Ausführungen stellte die Bundesregierung einen Eilantrag beim Verfassungsgericht, ein Verbotsverfahren gegen die Partei anzustreben. Am Abend vor dem Wahltag wurde die Entscheidung publik: Die

ZfD wurde mit sofortiger Wirkung verboten und kann bei der Wahl keine Mandate erringen.

Alle übrigen Parteien haben sich darauf geeinigt, gleich nach der Bundestagswahl neue Gesetze auf den Weg zu bringen, um rechte Medien noch schneller zu schließen. Außerdem soll eine zentrale Chefredaktion für soziale Netzwerke installiert werden, um die gesetzlichen Vorgaben zu erlaubten Inhalten durchzusetzen.

Auch bei der Polizei wird nichts bleiben, wie es ist. Uniformen sollen abgeschafft, die Behörde soll umbenannt, die Gesellschaft besser repräsentiert werden. Jeder Anwärter auf eine Stelle in dem staatlichen Organ muss einen politisch-psychologischen Test durchlaufen und der Offenlegung von Kontakten und persönlicher Kommunikation zustimmen. »Freiheit und Gerechtigkeit sind anstrengend. Sie müssen jeden Tag erkämpft werden«, twitterte die Präsidentin des Bundesamtes für Verfassungsschutz.

Es ist 17:35 Uhr. Vor Sabahs Büro ist Stimmengewirr zu hören. Sie öffnet die oberste Schublade des Schreibtischs und zieht den kleinen eingerollten Gebetsteppich hervor. Mit einem Schwung breitet sie ihn auf dem Boden ihres Büros aus. Sie rafft den Rock zusammen und geht auf die Knie.

»Bismillah al-Rahman, al-Raheem, Rab al-Alamein. Im Namen Allahs, des Allerbarmers und Allbarmherzigen.

Gewiss, wir haben dir einen deutlichen Sieg verliehen, damit dir Allah das von deinen Sünden vergebe, was vorher war und was später sein wird, und damit Er Seine Gunst an dir vollende und dich einen geraden Weg leite.

Und damit Allah dir helfe mit mächtiger Hilfe.

Er ist es, der die innere Ruhe in die Herzen der Gläubigen herabgesandt hat, damit sie in ihrem Glauben noch an Glauben zunehmen.

Und Allah gehören die Heerscharen der Himmel und der Erde. Und Allah ist allwissend und allweise.

Dies, damit Er die gläubigen Männer und die gläubigen Frauen in Gärten eingehen lasse, durchteilt von Bächen – ewig darin zu bleiben –, und ihnen ihre bösen Taten tilge. Das ist bei Allah ein großartiger Erfolg.

Und damit Er die Heuchler und Heuchlerinnen und die Götzendiener und Götzendienerinnen strafe, die von Allah die böse Erwartung hegen. Gegen sie wird die böse Schicksalswendung sein. Allah zürnt ihnen, verflucht sie und bereitet ihnen die Hölle – wie böse ist der Ausgang!

Und Allah gehören die Heerscharen der Himmel und der Erde. Und Allah ist allmächtig und allweise.«

Es klopft.

»Ja, bitte!«, ruft Sabah und steht auf.

Es ist Jette. »Ich will nicht stören, ich kann noch eben warten«, sagt sie aufgeregt und dreht sich zum Gehen um.

»Nein, komm rein. Ich bin fertig.«

Sabah zieht den Rock über die Knie, rollt den Teppich zusammen und verstaut ihn wieder in der Schublade.

»Du wolltest mich sprechen?«, fragt Jette.

»Ja, bitte setz dich«, sagt Sabah und deutet auf den Stuhl, der auf der anderen Seite des Schreibtisches steht. Jette spürt, Sabah ist anders als sonst. Sie sagt nichts, wartet darauf, dass Sabah die Stille beendet.

Sabah blickt Jette mit einem prüfenden Blick an.

»Die ganze Nacht musste ich an eine Begegnung in China denken, während der Reise vor ein paar Wochen. Mein Begleiter schleppte mich zu einer alten Frau, einem Orakel, wie er sagte. Ich fand das albern und absurd und habe es schnell vergessen. Aber vergangene Nacht fiel mir der Besuch plötzlich wieder ein. Das Orakel sagte, ich solle auf der Hut sein, ich sei in großer Gefahr, es gebe eine Schlange, die ihre Beute fest umschlungen halte und sie mit dem Tod bedrohe.«

Sabah macht eine Pause und schaut Jette mit noch strengerem Blick an.

»Jette, bist du diese Schlange?«

Die Büroleiterin blickt die Kanzlerkandidatin an, ohne ein Wort zu sagen.

»Jette, der Bundesstaatsanwalt rief mich gestern Abend an. Du weißt ja, die suchen jetzt überall, landesweit, nach den Beteiligten an dieser unsäglichen rechten Verschwörung. In Neu-Gotenhafen haben sie offenbar mehr oder weniger zufällig Daten von deinem Handy geortet. Ich weiß nicht, wie das geht, wie man so was ortet. Aber, Jette, er fragte mich, ob ich mir das irgendwie erklären kann. Glaub mir, meine erste Reaktion war, nein, kann ich nicht. Und dann überlegte ich und musste mir eingestehen, ja, vielleicht. Vielleicht kann ich es mir doch erklären.«

Sabahs Blick ist verzweifelt.

Jette sitzt ihr noch immer regungslos gegenüber. Und wenn Sabah einen letzten Zweifel hatte, ob sie mit ihrer Vermutung richtiglag, so wird ihr nun alles klar.

»Die Informationen über mich und mein Leben, Jette, ich habe die ganze Zeit überlegt, wer das den Journalisten zugespielt haben könnte. Ich habe an Menschen aus meiner Schulzeit gedacht, denen man vielleicht Geld angeboten hat, an alte Nachbar:innen in Neukölln, an Gemeindemitglieder, an Parteikolleg:innen. Aber an dich habe ich nie gedacht.«

Jettes Gesichtsausdruck wandelt sich. Sie schaut nicht mehr erschrocken, sondern herausfordernd.

»Ganz recht. Jetzt weißt du es«, sagt sie.

»Aber warum denn nur?«

»Ganz einfach. Aus Rache.«

»Rache? Was habe ich dir denn getan, Jette?«

»Du hast mir den Weg verstellt, mich meiner Chancen beraubt.«

Sabah schaut sie fragend an, während Jette von ihrem Stuhl aufsteht und um den Tisch herumgeht.

»Ich dachte immer, wenn man fleißig ist, wenn man gut ist, dann steht einem die Welt offen. So haben es mir meine Eltern gesagt. Ich habe das geglaubt. Und ich war immer die Beste. Mein Abitur, mein Studium. Es war mein Lebenstraum, mich der Wissenschaft zu widmen. Altgriechisch, Latein.«

»Und was habe ich damit zu tun?«

»Die Peinliche Analyse. Der Algorithmus, der aus den Beiträgen eines Menschen in den sozialen Netzwerken seine politische Gesinnung erschließt.«

»Ja, ich weiß, was die PA ist. Ich habe sie eingeführt.«

»Eben. Nach dem Ende meines Studiums wollte ich als wissenschaftliche Mitarbeiterin arbeiten. Ich hatte die besten Voraussetzungen, alles war schon auf dem Weg, der Vertrag war unterschriftsreif. Und dann bin ich bei der PA durchgefallen.«

Sabah starrt Jette mit großen Augen an.

»Ich konnte es nicht glauben. Ich war nicht rechts. Ich bin nicht rechts, Sabah! Ich habe vielleicht mal irgendeinen belanglosen Tweet geteilt. Und irgendetwas anderes gelikt. Ich hatte keine Ahnung, dass diese Tweets von diesem miesen Algorithmus dem rechten Spektrum zugerechnet werden! Und bei Facebook. Als es Facebook noch gab, habe ich ein Video geteilt, da tauchte jemand auf, der sich als Inuit verkleidet hatte. Das war Satire! Satire! Wie konnte nur jemand auf die Idee kommen, ich würde mich diskriminierend über die Inuit lustig machen? Und rechts sein!«

»Aber es ist doch alles gut gegangen! Schau dich an. Du arbeitest für mich. Wahrscheinlich werde ich die nächste deutsche Bundeskanzlerin! Du bist im Zentrum der Macht, du wirst einen wichtigen, gut bezahlten Job haben. Was willst du denn mehr?«

»Jeden Tag verbiege ich mich. Mache diesen ganzen Zirkus mit, euer Gefasel von Vielfalt und Gerechtigkeit. Und muss mit ansehen, wie dir alles einfach so in den Schoß fällt und dass ich vieles nie erreichen werde! Es genügt nicht mehr, eine Frau zu sein! Eine weiße Frau, wer braucht die schon? Warst du Jahrgangsbeste? Hast du so hart gearbeitet wie ich? Ist es gerecht, was mir passiert ist? Nein! Aber Sabah, ich will auch Gerechtigkeit!«

»Hast du etwas mit dem Anschlag zu tun? Jette?«

»Ich habe lange mit mir gerungen. Ich dachte immer, ich wäre zu so was nicht fähig. Aber wozu man fähig ist, wenn die Kränkung groß genug ist! Ich konnte ja nicht wissen, dass die anonymen Aktionen so wenig bringen würden, dass keiner der Journalisten es wirklich wagen würde, etwas Negatives über dich zu schreiben. Bis ich merkte, ich würde auf diese Weise nicht verhindern können, dass du gewählt wirst. Nein, du müsstest anders verschwinden. Und dann habe ich alle vertraulichen Informationen weitergegeben.«

»Und du warst Teil dieses rechten Netzwerks?«

»Nein, ja, also, nicht die ganze Zeit. Erst als ich merkte, dass ich mit meiner Methode nicht weiterkam. Das wurde mir klar, nachdem ich den Journalisten die Informationen über Hamza zugespielt hatte. Ich habe Sven Birn kontaktiert, zunächst anonym. Ich habe ihn um ein Treffen gebeten. Als er mich erkannte, wurde er misstrauisch. Einmal war ich in Neu-Gotenhafen, um alles zu besprechen.«

»Und was willst du jetzt tun, Jette? Alle Versuche, mir zu

schaden, sind gescheitert. Dachtest du allen Ernstes, meine Wähler würden sich darüber aufregen, dass ich als Kind mal in Mleeta war? Dass mein Bruder bei einem illegalen Straßenrennen in Berlin ein anderes Auto gerammt und jemanden dabei verletzt hat? Dass ich gerne am Strand von Monaco Cocktails trinke? Das hätte ich dir sagen können, dass denen das vollkommen egal ist. Und wenn ihr sogar zu blöd seid, mich aus nächster Nähe zu töten, kann ich nur sagen: Ihr habt versagt!«

»Aber es ist noch nicht vorbei. Ein Foto habe ich noch nicht verschickt«, sagt Jette kühl und zückt ihr Handy. Sie tippt kurz auf dem Display rum und hält es dann vor Sabahs Gesicht. Sabah wendet ihren Blick von Jette ab und lenkt ihn auf das Bild auf dem Display.

»Ich weiß von Muhammad. Manchmal bist du erst nach Stunden rausgekommen. Was macht sie denn nur, habe ich mich gefragt. Einmal bin ich hineingegangen, habe mir einen Hijab umgebunden und ihn tief ins Gesicht gezogen, habe gewartet, bis niemand mehr da war. Von der Empore hat man einen sehr guten Blick, Sabah. Du glaubst gar nicht, was man da alles sehen kann, wenn man nur leise genug ist.«

Sabah steht auf, geht zur Tür, legt die Hand auf die Klinke, nimmt sie wieder weg, geht zum Fenster. Sie muss sich konzentrieren.

»Das ist erst das Vorspiel«, sagt Jette.

Sabahs Blick schweift über den Tiergarten. Grün! Leben, Frieden, Hoffnung. Ist es nicht das, was sie wollte? Und alles, was jetzt bleibt, ist Zwietracht. Eifersucht, Streit, Verderben. Das kann nicht sein. Sie ist stark, sie wird das nicht zulassen. Nicht jetzt. Nicht nach so langer Zeit. Nein, nicht sie.

»Sie mögen dir alles verzeihen, alles nachsehen. Es mag ihnen egal sein, ob du mal in Mleeta warst oder nicht, ob du

Luxus liebst oder nicht, ob du einen kriminellen Bruder hast oder nicht, sogar, was du kannst oder nicht kannst. Aber das ist ihnen nicht egal. Diese eine rote Linie hättest du nicht überschreiten dürfen.«

Was für wirres Zeug redet Jette da? Das hat jetzt keinen Platz. Darum geht es nicht. Jette hat es nicht verstanden. Jette muss jetzt still sein.

»Ich mach dich fertig. Diese Bilder kosten dich die Kanzlerschaft, Sabah, vielleicht sogar dein Leben. Das weißt du. Du wirst nirgendwo mehr sicher sein. Niemals. Alea iacta est.«

Jette hört nicht auf. Jette bedroht sie. Was ist denn los? Sie muss Jette fragen, was um Himmels willen sie sich dabei denkt. Der dämliche Würfel ist mitnichten gefallen. Sabah löst den Blick von den Baumwipfeln, dreht sich um.

»Nein, Jette. Du machst mir keinen Strich durch die Rechnung. Nicht du«, sagt sie bestimmt.

Doch Jette hört sie nicht mehr. Jette knallt schon die Tür von außen zu.

Sabah regt sich nicht, denkt an die Sure, die sie gerade noch gebetet hat. Damit Er Seine Gunst an dir vollende und dich einen geraden Weg leite.

Jemand klopft an die Tür, wartet nicht auf Antwort, kommt herein. Es ist Sabahs Sekretärin.

»Entschuldigen Sie, Sabah. Alle warten im Foyer! Bitte kommen Sie. Es ist gleich so weit.«

Sie schaut Sabah entgeistert an.

»Geht es Ihnen nicht gut, Sabah? Ist etwas passiert?«

Von draußen dringt Lärm ins Büro. Musik, pulsierende Bässe, Stimmen, man ruft nach ihr, ruft ihren Namen. Ihren Namen! Sabah Hussein. Sie hört die Mitglieder der ÖP im Foyer und die Demonstrierenden vor der Parteizentrale, sie hört Sirenen und Martinshörner in der Ferne.

»Nein, alles gut, Sylvia. Danke. Bitte gehen Sie vor, sagen Sie, ich bin gleich da.«

Sabah geht zum Schreibtisch, sucht ihr Handy. Mit der Hand fährt sie sich durch die Haare. Dann wischt sie kurz über das Display. Und damit Er dir helfe mit mächtiger Hilfe. Die Rufe aus dem Foyer und auf der Straße werden immer lauter. Gegen sie wird die böse Schicksalswendung sein. Sabah schaut auf das Handy, legt es weg.

»Insch'Allah«, sagt sie leise und blickt aus dem Fenster.

Das Grün ist so schön.